회귀로

영웅독전

## 회귀로 영웅독점 　2

**초판 1쇄 인쇄일** 2020년 12월 17일 | **초판 1쇄 발행일** 2020년 12월 23일

**지은이** 칼텍스 | **펴낸이** 곽동현 | **담당편집 팀장** 이범수
**편집부** 정요한 최훈영 조혜진

펴낸곳 (주)조은세상 | 출판등록 제2002-23호
주소 서울특별시 동작구 동작대로1길 27 5층
TEL 02)587-2966 | FAX 02)587-2922
E-mail bukdu@comics21c.co.kr

칼텍스ⓒ2020
ISBN 979-11-6591-496-7 | ISBN 979-11-6591-494-3(set)
값 8,000원

칼텍스 퓨전 판타지 장편소설

회귀로

영웅독점

2

북간두
(주)조은세상

# 칼텍스 퓨전판타지 장편소설

FUSION FANTASY STORY

## CONTENTS

Chapter 7.

감독관이 죽어 있다.

시체를 발견한 유아린의 몸이 떨렸다.

왜?

무슨 일이 벌어지고 있는 것일까?

그렇게 백두검귀가 나타나고 서하가 외쳤다.

"튀어!"

그 말을 따라 서하의 뒤를 쫓아 달리기 시작했다.

서하는 빠르다.

아는 것도 많고 무공도 뛰어나다.

그래서 좋았다.

이성적으로 좋다는 말이 아니었다.

친구가 될 수 있을 것만 같았다.

'그런데 왜…….'

이런 일이 벌어지는 것일까?

잡념이 떠올라서일까?

유아린은 돌부리에 걸려 넘어졌다.

백두검귀에게 목이 날아가리라 생각했으나 백두검귀는 오직 서하만을 노리듯 앞으로 달려갈 뿐이었다.

"아……."

살았다고 안도해야 할까?

하지만 그럴 수는 없었다.

"선인님한테……!"

유아린은 몸을 돌리다 멈췄다.

그럴 시간이 없다.

저 남자는 상급 무사인 감독관의 머리를 자른 실력자다.

아무리 서하가 뛰어나도 백두검귀의 상대는 될 수 없을 것이다.

유아린은 선택해야만 했다.

선인을 부를지.

그게 아니라면 자신이 어떻게 할지.

'죽을 거야.'

선인을 부르러 가면 죽는다.

그걸 알기에 절대로 선택할 수 없다.

그럼 남은 선택지는 하나다.

'내가 해야 해.'

유아린은 달리기 시작했다.

흔적은 아주 많았기에 두 사람의 뒤를 쫓는 건 어렵지 않았다.

하지만 머릿속은 복잡했다.

내가 가서 뭘 할 수 있을까?

유아린은 내리막길에 도착해서 거친 숨을 내뱉었다.

저 밑에서 서하와 백두검귀가 대화하는 것이 보였다.

이제 시간이 없다.

선택하자.

"……나도 도움이 되어야지."

유아린은 결단을 내렸다.

"……죄송합니다."

대상이 누군지 모를 사과를 한 그녀는 억누르고 있던 음기를 폭발시켰다.

단전 구석에 박혀 있던 음기들이 마치 고삐 풀린 말처럼 기혈을 타고 흘렀다.

음기는 얼음과도 같다.

얼음으로 만들어진 날카로운 칼이 혈관을 찢는 느낌이 들었다.

하지만 유아린은 참았다.

고통은 순간뿐.

이윽고 그녀의 몸이 탁한 은빛으로 빛나기 시작했고 거짓
말처럼 통증이 사라지고 환청이 들리기 시작했다.

죽여라. 죽여라. 죽여라. 죽여라.

눈앞에 있는 모든 것을 죽여라.

유아린은 공허한 눈으로 앞을 올려보았다.

상쾌하다.

이윽고 백두검귀가 서하에게 달려듦과 동시에 유아린이
돌진했다. 비호처럼 달려든 그녀는 백두검귀의 눈을 뽑은 뒤
털어 냈다.

뭐든 할 수 있는 것만 같은 기분이 들었다.

정말 그 무엇이든.

죽여라. 죽여라. 죽여라.

끊임없는 환청에 중독될 때 뒤에서 시선이 느껴졌다.

이서하.

처음으로 친구가 될 수 있으리라 생각한 남자.

유아린은 그런 서하에게 미소를 지어 보이고는 다가갔다.

'구하러 왔어.'

그런 말을 하고 싶었으나 귀에서는 계속해서 환청이 들려
오고 있었다.

죽여라. 죽여라. 죽여라. 죽여라.

죽이자.

순간적으로 든 생각에 화들짝 놀랐으나 몸을 제어할 수가 없다.

그렇게 유아린이 오른손을 들어 올리는 순간이었다.

"유아린! 정신 차려!"

서하가 외쳤고 유아린은 겨우 정신 붙잡았다.

'안 돼.'

올라가던 손을 반대편 손으로 잡은 그녀는 음기를 억누르기 시작했다.

'여기까지…… 여기까지만…….'

돌아가야 한다.

모든 것을 망치기 전에.

◆ ◈ ◆

은혈천마(銀血天魔).

유아린의 기는 특이하게도 은빛으로 빛났다고 했다.

그때는 그냥 그런가 보다 했다.

하지만 이제는 알겠다.

저 은색이 전부 음기라는 것을.

백두검귀의 눈을 뽑은 아린이는 더러운 것을 털어 내듯 버린 뒤 나를 돌아봤다.

달빛보다 영롱하게 웃어 보이는 그녀.

두려울 정도로 아름다웠다.

유아린은 나의 앞으로 걸어오고 있었다.

음기는 죽음의 기(氣).

주변에 있는 모든 것을 죽이는 기운이었다.

이성이 날아간 것이다.

'그런데 왜?'

왜 같은 편을 공격했지?

은월단이 아니었던 것일까?

이것도 속임수? 아니, 나를 속이려고 백두검귀의 눈을 뽑
는다? 그것도 내가 죽기 일보 직전에?

말이 되지 않는다.

유아린이 은월단이라면 그냥 내가 죽게 놔두면 되는 일이
었다.

'같은 편이라는 건⋯⋯.'

아마도 훗날의 일.

'그렇구나.'

모든 수수께끼가 풀렸다.

아린이는 은월단이 아니며 그녀의 폭주는 은월단이 만든
일이라는 것을 유추할 수 있었다.

하지만 그걸 알면 뭐하나?

그 전에 내가 죽을 것만 같은데.

아린이는 금방이라도 공격할 것처럼 오른손을 들어 올렸다.

음기에 지배당한 상태라면 그럴 수 있다.

아마도 저 상태로 학살을 저질렀겠지.

문제는 나 또한 저걸 피할 길이 없다는 거다.

그러니 어떻게든 제정신을 들게 만들어야 한다.

"유아린! 정신 차려!"

내공을 담아 외치자 유아린의 눈에 생기가 돌아왔고 그와 동시에 자신의 오른손을 잡으며 몸을 웅크렸다.

"끄으윽!"

통했다.

음기의 살인 욕구와 이성이 싸우기 시작한 것이다.

이성만 돌아왔다면 희망이 있다.

"유아린! 내 말 들리지! 음기를 나한테 보내! 전부!"

음기만 빼 버리면 된다.

유아린은 불안한 눈으로 나를 올려다보았고 나는 고개를 끄덕여 주며 그녀를 안았다.

"다 보내. 양은 신경 쓰지 말고."

"안 돼. 너도 나처럼……."

"빨리 보내. 그러다 진짜로 네가 날 죽일 수 있어."

"……미안."

아린이는 눈을 질끈 감고 나에게 기를 내보기 시작했다.

온몸으로 음기가 들어온다.

유아린을 감싸고 있던 은색 기운이 전부 나에게 옮겨지는 것이 눈으로도 보였다.

'미친.'

혈관이 찢어질 것만 같다.

아니, 온몸의 혈맥, 기맥이 전부 난도질당하는 느낌이었다.

나는 받은 음기를 전부 심장으로 보냈다.

이러다가 심장이 꺼져! 하면서 파업하지만 않으면 다행이다.

하지만 3개월간 나의 무리한 요구에 단련된 심장은 음기를 바로바로 양기로 만들어 주었다.

그래, 그런 거야.

다 죽게 생겼는데 열심히 해야지.

양기가 늘어나면서 들어오는 음기도 별거 아니게 되었다.

그럼에도 나는 양기를 계속해서 늘려 갔다.

양기는 신체 능력을 크게 올려 주었다.

일종의 영약과도 같은 효과를 준다.

몸을 갉아 먹기는 하지만 죽는 것보다는 낫지 않은가.

그렇게 아린이의 몸이 정상으로 돌아왔고 나의 몸은 황금빛으로 불탔다.

나는 어깨를 잡아 아린이를 밀어낸 뒤 말했다.

"여기서 기다려."

기를 전부 뺏긴 아린이는 그대로 주저앉았다.

이제부터는 나의 시간이다.

마침 고통에서 회복한 백두검귀는 이를 갈며 외쳤다.

"이 개같은 연놈들. 둘 다 죽여 주마."

"늦었어. 인마."

경고해 주었지만 백두검귀 녀석은 듣지 못한 것만 같다.

"죽어어어어어!"

고작 몇 분 전만 하더라도 무서웠던 백두검귀의 움직임이 마치 어린애처럼 느껴졌다.

나는 여유롭게 백두검귀가 사정거리 안에 들어오기를 기다리다가 검을 앞으로 내질렀다.

일검류의 기본은 기의 운용에 있다.

용섬 같은 경우에는 앞으로 내딛는 디딤 발. 검을 잡고 앞으로 내지르기 위한 어깨와 팔 전체. 거기에 힘을 더하기 위한 허리까지.

일검류는 단 한 번의 기술을 위해 모든 기를 사용한다.

그것도 그 기술에 필요한 부위에 모든 기를 집중시켜 효과를 극대화하는 것.

그것이 일검류의 기본이었다.

갑작스러운 반격에 백두검귀는 화들짝 놀라며 방어 자세를 취했다.

그의 박도가 나의 궤적을 정확하게 예측하고 막아섰으나 상관없다.

일검류는 일격에 모든 것을 걸어야 한다.

최초의자 최후의 일격.

일검류란 그런 검법이다.

일검류(一劍流), 용섬(龍閃).

순간의 번쩍임과 함께 나의 검이 박도를 지나 백두검귀의 허리를 지나쳤다.

그 어떤 촉감도 느껴지지 않았다.

마치 허공을 벤 것처럼.

믿을 수 없는 감각에 나는 고개를 돌려 백두검귀를 바라봤다.

그의 몸이 앞으로 쓰러지며 상체와 하체가 분리되었다.

정말로 베었구나.

회귀한 뒤 첫 살인.

떨릴 리가 없었다.

전에는 얼마나 많은 생명을 죽이고, 또 죽는 것을 보았는가.

하지만 내 손은 살짝 떨리고 있다.

위기를 넘겼기 때문일까?

그게 아니라면······.

"알겠다."

기 조절을 못했구나!

어쩐지 몸에 힘이 없다고 했다.

……

망했……

몸이 뒤로 넘어가고 뒤통수의 충격과 함께 내 시야가 검게 변했다.


다시 눈을 떴을 때는 이미 밤하늘에 별이 빛나고 있었다.

아름다운 보름달.

그보다 더 아름다운 아린이의 얼굴.

"괜찮아?"

"허억!"

아오. 깜짝아!

쿵!

나도 모르게 벌떡 일어나다 아린이와 박치기를 한 뒤에 다시 뒤로 넘어갔다.

"으……"

아린이는 이마를 만지다가 말했다.

"깨어나질 않길래 배운 대로 추영초를 먹이고 보고 있었어. 놀라게 해서 미안."

"아니야. 그럴 수 있지."

심장마비가 올 뻔했다.

저 얼굴로 가까이서 내려다보고 있으면 심장에 안 좋다.

나는 정신을 차리고 달의 위치를 확인했다.

시간이 꽤 많이 지난 듯싶었다.

"얼마나 누워 있던 거야?"

"해가 지고 꽤 지났어. 아마도 우리를 찾고 있을 텐데……."

"그렇겠지. 감독관도 죽었으니까."

문제는 이 내리막길이 위에서는 잘 보이지 않는다는 것이다. 아무래도 사람들이 나와 아린이를 찾기까지는 꽤 걸릴 것만 같다.

어차피 근육도 다 풀렸고 몸에 남아 있는 기라고는 하나도 없었기에 저 가파른 내리막길을 올라갈 수도 없다.

나는 언덕에 기대앉으며 말했다.

"너 은월단이라고 알아?"

이제는 대놓고 물어봐도 된다.

아린이는 은월단이 아님이 확실하니까.

"아니. 안 그래도 물어보려고 했어. 은월단이 뭐야?"

"음. 일종의 반국가 단체라고 할 수 있지."

"반란군?"

"그보다는 혁명군에 가깝지."

은월단의 목표는 권력과 국가의 붕괴가 아니었다.

이들의 목표는 혁명에 가깝다.

사회 구조를 바꾸는 것.

결과적으로는 실패지만 말이다.

결국, 나찰이 전부 죽었으니.

이번에는 아린이가 질문했다.

"그런데 그 사람들이 왜 너를 노리는 거야?"

"……내가 놈들의 만년하수오를 뺏어 먹었거든."

"아…….."

아린이는 납득했는지 고개를 끄덕였다.

아니, 납득하면 어떡합니까.

고작 대도시 하나 가격 정도 되는 영약 좀 뺏어 먹었다
고…….

죽일 만하네.

어쨌든 지금은 그게 중요한 게 아니다.

이제 아린이에 대해 더 알아내야 한다.

분위기가 올랐을 때 계속해서 말을 걸자.

"그럼 방 말이야. 왜 내 옆방을 선택한 거야?"

아린이는 눈을 깜빡이다 말했다.

"순서대로 고르는 거 아니었어? 네가 1번 가져가길래 나는
2번…… 아니야?"

"……."

내가 그걸로 얼마나 머리를 싸매고 고민했는데 그냥 순서
대로 고른 거였다니.

"그럼 친구들은 왜 안 만드는 거야?"

"그건 아빠가 만들지 말라고 해서."

"뭐?"

"도움 안 되는 애들이랑 놀 시간 없다고. 그러다 보니까 친해질 수 있는 애들이 없었어."

"그래서 일부러 무시한 거야? 애들이 말을 걸어도?"

"응. 또 내가 말을 잘하는 편도 아니라서……."

하긴, 어렸을 적부터 저런 식이었다면 사회성이 없는 것도 이해가 간다.

그보다 유아린의 아빠가 극성이었구나.

아린이가 어렸을 적부터 얼마나 힘든 수련을 해 왔는지 저 말만으로도 알 수 있었다.

그나마 그렇게 했기에 음기를 다스릴 수 있겠지만 말이다.

"……그래서 너랑은 친구가 되려고."

"응?"

"나보다 잘 싸우고, 나보다 아는 거 많고, 나보다 내공 잘 다루고."

아린이는 나를 힐끗 보고는 시선을 피하며 말을 끝냈다.

"그래서 이제부터 너랑 친구 하려고 하는데. 안 될까?"

"난 그럴 생각 없는데."

"어?"

아린이는 당황한 얼굴로 나를 바라봤다.

아…… 한 번 놀렸을 뿐인데 이 죄책감.

빠르게 정정하자.

"이제부터는 무슨. 이미 친구잖아. 3개월 동안 한 건 뭐야, 그럼?"

"아, 응. 그렇지."

아린이는 쑥스러운 듯 손가락을 만지작거리고 있었다.

한 번 더 놀려 주고 싶지만 그랬다가는 죄책감에 잠을 못 잘 것만 같으니 참도록 하자.

"그런데 음기는 어떻게 하려고? 이번에 보니까 아슬아슬한 거 같던데."

음기 중독 상태.

음양의 비율이 7:3 이상으로 올라가면 갈수록 방금 본 것처럼 극단적인 힘을 낼 수 있다.

하지만 양기와 음기에는 차이가 있다.

양기는 몸을 파괴하고 음기는 정신을 파괴한다.

아린이의 정신은 파괴되기 직전이었고 조금만 늦었다면 나에게 음기를 줄 정신조차 없었을 것이다.

이 기회에 대한 문제를 해결하고 가야만 했다.

만약 아린이가 학살자가 된다면 바로 이 음기 중독이 원인일 테니까.

"응. 어떻게든 해야지."

"그래서 내가 방법이 있는데."

"방법?"

"이번에도 내가 음기를 흡수해서 나아진 거잖아. 네가 정신을 잃었을 때도 내가 음기를 흡수하면 괜찮지 않을까?"

"흡성대법(吸星大法) 같은 거?"

전설 속에 나오는 무공이었다.

타인의 기를 흡수해 미라처럼 만들어 버리는 무공.

하지만 그건 전설 속에나 있을 뿐이다.

"비슷한데 조건이 있어. 내가 신로심법이라는 무공으로 내공 운용을 한다고 했잖아. 이게 인체의 도식을 만드는 거거든."

신로심법은 인체를 모두 밝히고 그것의 기능을 전부 활용하는 내공심법이다.

이것은 다른 이에게도 똑같이 적용된다.

"내가 네 몸을 전부 다 안다면 너의 기도 마음대로 흡수할 수 있게 되지."

"……내 몸을?"

살짝은 거부감이 들 것이다.

누군가에게 자신의 혈맥과 기맥을 전부 보여 준다는 건 알몸을 보여 주는 것만큼이나 힘든 일이니까.

"응. 그렇게 내가 네 몸의 흐름을 전부 밝히면 그때는 네가 이성을 잃어도 내가 음기를 흡수해 균형을 맞출 수 있어."

"그렇구나."

"어떻게 할래?"

"……하자."

의외로 아린이는 빨리 결정 내렸다.

솔직히 말해 그럴 줄 알고 있었다.

음기 중독으로 나를 죽일 뻔했다는 것을 그녀도 알고 있었으니까.

"어떻게 하면 되는 거야?"

"매일 하던 걸 그대로 하면 돼. 대신 내가 네 기맥을 계속 훑어볼 거야. 한 천 번만 훑으면 그때는 네가 이성을 잃어도 내가 음기를 가져가서 진정시킬 수 있어."

"천 번이나?"

"하루에 100번씩 하면 10일이면 끝이지."

아직 예정된 폭주 날까지는 3개월이나 있으니 시간은 충분했다.

"응. 그렇게 하자."

일단 보험은 들을 수 있을 것만 같다.

만에 하나 아린이가 은혈천마가 되는 걸 못 막더라도 어떻게든 제정신으로 돌릴 수 있으리라.

그나저나 이번 수행평가 점수는 어떻게 되려나?

추영초는 내가 다 먹었다고 했으니 임무를 완수했다는 증거도 없지 않은가?

그래도 나름 현상금 달린 범죄자를 잡았으니 그걸로 퉁 쳐
주지 않으려나?

그나저나 내가 추영초를 다 먹었다니.

그거 물로 독을 한 번 빼야 하는데.

"근데 추영초 독은 어떻게 뺐어? 물로 한 번 헹구고 먹어야
하는 거잖아."

"아, 응. 그래서……."

아린이는 잠시 머뭇거렸다.

물론 이런 상황에서도 추영초를 헹구는 방법은 있다.

입으로 헹구는 것이다.

입에 넣고 잘근잘근 씹어 독을 뺀 뒤 침을 전부 뱉어 버리
는 것.

입에 독이 조금 남겠지만 추영초의 독은 그렇게 치명적이
지 않기에 삼키지만 않으면 문제가 되지 않았다.

그렇다면 설마……!

"설마 입……."

"다행히 저기 밑에 개천이 있더라."

"……."

"응? 입?"

"아니, 잎을 잘 닦았나 해서. 그 독을 좀 빼야 하거든."

"응. 잘 닦았어. 세 번이나."

"그렇구나. 잘했네."

흑역사가 하나 더 생길 뻔했다.

그때였다.

"찾았습니다! 여기입니다!"

저 위에서 누군가 외치는 소리가 들렸다.

딱 좋은 시기에 도착해 준 구조대였다.

강무성을 필두로 상급 무사들이 가파른 내리막길을 내려
왔다.

한밤중임에도 강무성의 얼굴이 하얗게 질린 것은 잘 보였
다.

"괜찮아? 다친 데 없어?"

"안 괜찮죠. 괜찮을 리가 있겠습니까?"

"뭐야? 뭐라도 부러진 거야."

"그 정도는 아닌데……."

"그럼 괜찮은 거야. 이 자식아."

강무성은 내 머리를 쥐어박고는 주변을 살폈다.

"용케 살아남았구나. 습격한 놈의 인상착의는 보았니?"

"백두검귀였습니다."

"백두검귀? 그 현상 수배된?"

"네. 그리고 저기."

나는 저 멀리 백두검귀의 시체가 있는 곳을 가리켰다.

모두의 시선이 그곳으로 향했고 한 상급 무사가 햇불을 들
고 가 시야를 밝혔다.

두 동강이 난 백두검귀의 시체 위에는 벌레가 바글바글했다.

"백두검귀입니다!"

"……네가 죽인 거냐?"

강무성의 질문에 나는 어깨를 으쓱하며 말했다.

"뭐, 그런 셈이죠."

결정타는 내가 날렸으니 내가 죽인 셈이었다.

아린이가 도와주었다는 말은 하지 말도록 하자.

설명하려면 그 폭주 상태도 설명해야 하니까.

"백두검귀를 네가 죽였다고?"

"문제가 있나요?"

"아니다."

강무성은 백두검귀의 시체를 바라보다가 말했다.

"잘했다. 그리고 무사해서 다행이다. 자세한 건 내일 얘기하지."

강무성은 상급 무사들에게 손짓하며 말했다.

"아이들부터 데리고 간다. 너희 둘은 시체 수습해."

"넵."

나는 상체와 하체 하나씩 들고 오는 상급 무사 둘을 바라봤다. 그렇게 생각지도 못한 성과와 함께 첫 수행평가가 끝이 났다.

◆　◆　◆


　다음 날.

　간밤에는 상혁이가 무슨 일이 있었냐며 난리를 치는 바람에 일버무리느라 고생 좀 했다.

　나와 아린이는 수업도 빠지고 강무성과 어제 있었던 일을 이야기하고 있었다.

　"……그렇게 된 거죠."

　나는 아린이의 폭주를 제외하고 적당히 이야기를 만들어 말해 주었다.

　백두검귀가 우리 두 사람을 습격했고 나와 아린이가 힘을 합쳐 격퇴했다고 말이다.

　"둘이서 백두검귀를 죽였다고? 그것도 허리와 무기를 통째로 잘라서?"

　"운이 좋았습니다."

　"운이 좋다는 거로는 말이 되지 않다는 건 알겠지?"

　"힐 말은 없습니다."

　강무성은 내 옆에 앉은 아린이에게 시선을 돌렸다.

　나와 아린이는 폭주에 관해 숨기자고 미리 말을 맞춰 놓았다.

　음기 폭주를 강무성이 알게 되면 아이들의 안전을 위해서라도 아린이를 퇴학시킬 테니 말이다.

그런 일은 절대로 일어나서는 안 된다.

최소한 아린이가 음기를 제어할 수 있을 때까지는 내 시야 안에 둬야 했으니까.

아린이까지 아무 말이 없자 강무성은 결국 인정하듯 고개를 끄덕였다.

"그래, 어느 정도는 네 말이 맞는 거 같으니 세세한 건 넘어가지."

이미 그 인근의 조사는 끝났을 것이다.

근처에 남은 흔적을 조사해 보면 거기 있던 사람은 나와 아린이, 그리고 백두검귀뿐이었다는 것도 알 수 있었다.

제3자의 개입이 없었기에 강무성은 나와 아린이 둘이서 백두검귀를 죽였다는 것을 인정할 수밖에 없었다.

"그 죽은 감독관님은 누구였습니까?"

"상급 무사였다. 이제 막 결혼한 놈이었는데 안됐어."

"안됐네요."

나 때문에 벌어진 일이었다.

원래라면 더 길게 살았을 사람이었기에 이름과 얼굴은 몰라도 안타까운 마음이 들었다.

'……짜증 나네.'

어쩔 수 없다고 생각하자.

회귀 전. 나의 잘못이 크든 작든 나로 인한 죽음에 죄책감을 느끼던 시절이 있다.

하지만 매번 그랬다가는 정신력이 버티지 못했고 나는 최대한 마음을 비웠다.

어쩔 수 없다고 말하면서 말이다.

'그래도 뭐 같네. 진짜.'

그때 강무성이 내 생각을 읽은 듯 말했다.

"자책하지 마라. 네 탓 아니니까. 무사가 된 이상 자기 몸은 자기가 지켜야지. 생도들을 지켜야 하는 놈이 당하기나 하고. 쯧."

강무성은 한숨을 쉬고는 말을 이어 갔다.

"어쨌든 이번 사건은 너희 보호자에게도 알렸다. 곧 도착하실 거다."

강무성으로서는 당연히 해야만 하는 일이었다.

여기 있는 학생들은 전부 최소 마을 하나는 가진 가문의 아이들이었으니까.

그나저나 아버지가 오는 건가?

그렇게 생각할 때였다.

"서하야!"

아버지가 상담실로 들어왔다.

하얗게 질린 얼굴.

내가 무사하다는 소식은 이미 들으셨겠지만 걱정되는 건 어쩔 수 없나 보다.

"아버……!"

"크하하하하! 서하 이놈!"

문 앞에 있던 아버지가 옆으로 날아가고 할아버지가 안으로 들어와 나를 들어 올렸다.

15살에 하늘로 들어 올려지다니.

겨드랑이 아프다.

"잘했다! 약관도 되지 않아 사지 멀쩡히 현상 수배범을 잡다니! 잘했구나. 청신의 자랑이로다! 하하하!"

할아버지는 내가 습격받았다는 사실보다 백두검귀를 잡았다는 사실이 더 중요한 거 같았다.

아니, 그래도 손자가 습격당했다고요.

"안녕하십니까. 백의선인 강무성이라고 합니다. 현재 신입 생도들을 맡고 있습니다. 이번 일은 전적으로 저의 책임으로……."

"하하하! 역시 성무학관이구려."

할아버지는 나를 내려놓고 강무성의 손을 잡았다.

욕을 들으리라 생각했던 강무성은 멍청한 얼굴로 할아버지를 올려다보았다.

"네?"

"이런 극단적인 상황을 성무학관이 아니라면 이 나이에 어디서 경험할 수 있겠소? 하하하! 결과가 좋으니 내 이번 일은 그냥 넘어가리다. 내 손자에게 아주 좋은 경험이었을 것이오. 하하하!"

"아…… 네."

저 할아버지가 진짜…….

"서하야, 뭐 필요한 거 있으면 말하거라. 이 할아버지가 생환 기념으로 뭐 하나 사 주마."

"오……."

……진짜 어른이 아닐까?

"그럼 이번에 경매장을 좀 털까요?"

"전부 털어 오거라."

나이를 먹을수록 입은 다물고 지갑을 열라는 말이 있다.

그런 의미로 역시 우리 할아버지는 큰 어른이었다.

같은 시각.

유아린의 친부인 유현성은 약선을 만나고 있었다.

"그간 강녕하셨습니까?"

"전보다 더 말랐구나."

유아린의 친부라는 것을 증명하듯 화려한 이목구비를 가진 미중년이었으나 광대와 턱이 보일 정도로 앙상했다.

약선은 현성의 죽은 눈을 바라보다 말했다.

"그러다 네가 먼저 죽겠다. 죽겠어."

"저 멀쩡합니다."

"밥은 먹었냐? 비빔밥 해 줄 테니까 먹어."

"아닙니다. 밥은 먹고 왔습니다."

"먹기는 무슨."

약선은 비빔밥을 현성의 앞에 내려놓고는 한숨을 내쉬었다.

"아린이 물어보러 온 거지?"

"어떻습니까? 음양조화신공으로 치료가 될 거 같습니까?"

"아니."

현성은 눈을 질끈 감았다.

딸을 성무학관에 입학시킨 이유는 오로지 약선의 제자로 만들기 위해서였다.

어의(御醫)인 약선의 제자가 되기 위해서는 성무학관에 입학해야만 했으니까.

음양조화신공(陰陽調和神供).

그것만이 유일하게 딸이 살아남을 길이라고 믿었다.

"네 부인도 그랬지만 아린이도 안 되더구나."

"체질 개선을 할 수 있을 정도로 무공을 개발했다고 하지 않으셨습니까? 분명 무공의 수준이 올라가면 가능하다고 하시지 않으셨습니까?"

"그렇게 생각했었지."

약선은 현성의 눈을 못 마주치고 말을 이어 갔다.

"안 되더구나. 미안하다."

"……그럼 더는 성무학관에 있을 이유가 없군요."

현성은 바로 자리에서 일어났다.

"앉아. 이놈아."

오직 음양조화신공을 배우기 위해 입학한 학교였다.

그 무공으로도 딸의 서주 받은 체질을 해결할 수 없다면 이 학관에 있을 이유가 없다.

"이번에 백두검귀인지 뭔지 하는 놈이 제 딸을 습격했다고 합니다. 위험하고, 쓸데없는 이 학관에 있을 이유가 없습니다."

"있어."

"있다고요?"

"아린이가 3개월간 많이 좋아졌다."

현성은 고개를 갸웃했다.

"음양조화신공은 효과가 없다고 하시지 않았습니까?"

"그건 별 효과가 없었어. 하지만 아린이는 믿을 수 없을 정도로 상태가 좋아졌다."

"그게 가능합니까?"

"얘기를 들어 보니 음기만 흡수해 주는 친구가 있다고 하더군."

"……정말입니까?"

"그래. 이번에 같이 습격당한 친구인 거 같더구나. 못 믿겠으면 직접 가서 확인해 보거라."

"그래야겠네요."

현성이 다시 자리에서 일어나자 약선이 소리쳤다.

"어딜 가? 준 건 다 처먹고 가라."

"……."

현성은 듣지도 않고 바로 딸이 있는 곳으로 향했다.

약선은 그대로 남은 비빔밥을 보며 말했다.

"좋은 건 다 넣었는데. 이 우라질 놈."

◆ ◈ ◆

신이 난 할아버지와 달리 아버지는 강무성에게 재발 방지를 요청했다.

"앞으로 더 신경 써 주길 바랍니다. 무언가 불온한 세력이 서하를 노리는 거 같으니까요."

"네, 제가 직접 신경을 쓰겠습니다."

아버지는 길길이 날뛰지 않았다.

내가 어떻게 되었다면 모르지만, 엄밀히 말해 강무성의 탓은 아니기 때문이다.

어떤 미친놈이 성무학관의 신입 생도, 그것도 청신인 나를 노렸을까.

"그런데 서하야. 그놈이 너를 왜 노렸는지는 아느냐?"

"그래. 어떤 놈들인지 정체는 아느냐?"

할아버지가 흥미를 가득히 담아 말했다.

여기서 은월단을 말한다면 어떻게 될까?

할아버지는 가능한 모든 것을 동원해 은월단을 찾아내고 이들을 끝까지 쫓아가 죽일 것이다.

하지만 나는 은월단을 말하지 않을 생각이었다.

"글쎄요. 모르겠네요."

나는 긴말 하지 않았다.

모른다.

이 말이면 충분하니까.

"그렇구나. 걱정하지 말거라. 이 할애비가 알아보마."

"네, 할아버지."

은월단에 대해 말하지 않은 이유는 하나다.

미래를 극단적으로 바꾸지 않기 위함이었다.

할아버지가 은월단을 쫓기 시작하면 궁지에 몰린 그들이 무슨 짓을 할지 모른다.

내가 모르는 위험보다는 아는 위험이 더욱 대처하기 쉽다.

은월단이 최대한 과거와 같은 계획을 세우고, 같은 문제를 일으켜 줘야만 내가 막아 낼 수 있다.

'아직 계획을 많이 틀지는 않았을 거야.'

백두검귀는 엄밀히 말해 소모품이다.

그가 암살한 주요 인사들이 꽤 있었지만 그건 백두검귀가 아니라도 다른 암살자를 고용하면 될 일.

'아마도 이들의 다음 목표는 바뀌지 않았을 거야.'

바로 아린이를 폭주시키는 것.

중간에 다른 일이 있었으나 지금은 그것만 막으면 된다.

그리고 때마침 문이 열리며 한 남자가 들어왔다.

광대와 턱선이 보일 정보로 마른 얼굴.

누가 봐도 아린이 아빠라고 할 정도의 외모를 가진 미중년
은 할아버지에게 인사를 하며 안으로 들어왔다.

"실례하겠습니다."

"우리는 할 말을 다했으니 이만 나가 보지."

할아버지와 아버지가 나가고 아린이네 아버지가 그 자리
에 앉았다.

그런데 나를 엄청나게 쳐다본다.

너무 노골적인데.

이거 나한테 불똥 튀는 건 아니겠지?

"아린이 아빠, 유현성입니다."

"신입 생도 담당인 강무성입니다. 이번 일은 입이 열 개라
도 할 말이 없습니다. 정말로 죄송합니다."

강무성은 벌떡 일어나 허리를 숙이며 말했다.

저 직업도 꽤 힘들겠다.

유현성은 죽은 눈으로 그를 바라보다 말했다.

"재발 방지는 가능합니까?"

"앞으로는 제가 직접 호위할 생각입니다. 이런 수행평가

나 작은 임무를 할 때도 제가 붙어 다니며 호위하겠습니다."

"혼자서 되겠습니까? 백두검귀는 선인급이라는 소문이 있습니다만."

"아까 나가신 철혈님이어도 저를 쉽게 죽일 수 없을 겁니다."

"강무성 선인 실력은 잘 알고 있습니다. 아이들이 살아남을 수 있냐고 물어본 겁니다만……."

"그래서 이렇게 답한 것입니다. 제가 죽기 전까지는 아이들을 건드릴 수 없을 테니까요."

"자신감은 좋네요. 좋습니다. 그렇게 해 주시죠. 그리고 잠시 자리 좀 내주시겠습니까? 이 친구와 이야기를 하고 싶은데."

"그건……."

강무성이 안 된다고 말하기 전에 내가 말했다.

"괜찮습니다. 선인님."

강무성은 잠시 생각하다 답했다.

"바로 밖에 있겠습니다."

"걱정하지 마세요. 몇 가지 물어보기만 할 겁니다."

강무성이 밖으로 나가고 유현성은 작게 숨을 내쉬며 말을 시작했다.

"약선님에게 들었다. 아린이의 체질을 안다고?"

순간 아린이가 당황하며 껴들었다.

"그, 그게……."

"넌 조용히 하고 있거라. 네가 할 말은 없다."

아린이는 입을 다물며 겁을 먹은 듯 몸을 웅크리렸다.

왜 아린이가 자기 아빠를 무서워하는지 알겠다.

저렇게 입을 막아 버리니 애가 다른 사람들한테도 말을 안 하지.

잠깐 본 것뿐이었으나 뭔가 찔러도 피 한 방울 안 나올 것만 같은 인물이다.

외모 때문일까?

아니면 저 생기 없는 분위기 때문일까?

유현성 같은 경우에는 기록 한 줄조차 남아 있지 않았기에 종잡을 수 없는 인물이었다.

"네, 그렇습니다."

"밤에 아린이의 음기를 가져가 준다고 들었는데. 그 말이 사실이냐?"

"네, 맞습니다."

"그런데 어떻게 넌 멀쩡하지?"

"그게 무슨 말이죠?"

"매일 아린이의 음기를 가져갔으면 균형이 무너져도 한참 전에 무너졌을 텐데 말이야. 음기를 제거하는 방법이 있나?"

"네, 있습니다."

내 말에 유현성의 눈빛이 살아났다.

"그게 뭐지?"

"저만의 비전 무공입니다. 아린에게도 이제 알려 줄 생각입니다."

신로심법만 익혀도 음기만 방출하는 것이 가능했고 그것만으로도 아린이에게는 유용할 것이다.

지금까지는 혹시나 아린이가 은월단일지도 모른다는 생각에 무공을 알려 주지 않았으나 이제 알려 줘도 상관이 없다.

아니, 최대한 알려 줘서 폭주를 막아야 했다.

"정말이냐?"

"네, 어느 정도 효과가 나오면 그때 다시 알려 드리죠."

그 순간 유현성이 아린이의 손목을 잡았다.

기의 상태를 살피고 있을 것이다.

"억누르던 음기도 빠져나갔구나. 혹시 사용한 거냐?"

"……네."

"이번 습격에서?"

"죄송합니다. 아버지."

유현성은 심각한 얼굴로 딸을 보다 중얼거렸다.

"그런데도 돌아온 건가…… 임시방편은 되겠구나."

그렇게 중얼거린 유현성은 나를 돌아보며 말했다.

"앞으로도 잘 부탁하마."

그의 말에 아린이가 환하게 웃었다.

얼굴에 꽃이 핀다는 말이 왜 만들어졌는지를 알 것만 같았다.

저렇게 웃는 건 처음으로 보았다.

"물론입니다."

"……그래."

유현성은 자리에서 일어나 밖으로 나가 강무성에게 말했다.

"말은 잘 들었습니다. 그럼 이만 가 보죠."

"오늘은 아린이를 데리고 점심이라도 드시죠. 오늘 수업은 들어오지 않아도 됩니다."

"아뇨, 그럴 시간은 없습니다."

유현성은 아린이를 돌아보며 말했다.

"열심히 수련해 네 것으로 만들어라."

"네."

"그럼 저는 이만."

강무성은 유현성의 뒷모습을 바라보며 중얼거렸다.

"뭐야?"

생긴 것처럼 냉정한 사람이었다.

밖으로 나온 유현성은 이강진을 발견하고는 꾸벅 고개를

숙였다.

"오랜만입니다. 철혈님."

"그래, 유 선인도 잘 있었나? 유 선인의 딸이 우리 손자랑 같은 나이였다니. 하하하. 이거 상상도 못 했구만."

"똑똑한 손자분을 두셨군요."

"지금은 내 자랑이지. 내가 저놈 보는 맛에 산다."

유현성은 미소를 짓고는 고개를 숙였다.

"만나 뵈서 반가웠습니다. 먼저 가 보겠습니다."

"그래, 어여 들어가 봐."

유현성이 멀어지자 상원이 물었다.

"아는 분입니까?"

"혹의선인 유현성. 한때는 내 부하였지. 유현성이 딸이라면 서하 배필로도 괜찮지."

"어느 가문입니까?"

"화강 가문. 바다에 인접한 도시다. 정치에는 관심이 없지만 나름 내실이 튼실한 가문이지. 관심이라도 있느냐?"

상원은 고개를 절레절레 흔들었다.

"그 반대입니다. 좀 자유롭게 살았으면 좋겠습니다. 큰 가문과 엮이면 자유롭게 살기 힘들지 않습니까?"

"그러니까 화강이 좋다는 말이다."

이강진은 껄껄 웃었다.

"적어도 누가 네 비밀을 아는 일은 없을 테니 말이다."

흑의선인 유현성.

이 나라에서 가장 많은 정보를 가진 남자였다.


◆ ◆ ◆


"백두검귀는 실패했어. 이야, 이변이야. 이변."

주원은 선생의 서재에 앉아 약과를 뜯어 먹었다.

"선인급이라더니. 애들한테 죽고 지랄이야."

선생은 표정 하나 바꾸지 않고 서류 작업을 하며 말했다.

"어쩔 수 없죠. 그래도 아직은 백두검귀 혼자 움직인 거로
생각할 겁니다. 그를 잃은 건 좀 아쉽지만, 대체자가 없는 것
도 아니니 이제 몸을 사리죠."

"그럼 그 이서하는 놔주려고?"

"지금은 그래야죠."

선생은 죽간을 돌돌 말은 뒤 책장에 넣으며 말했다.

"한 번 더 암살을 시도하면 개인의 소행이 아니라 집단의
소행이라고 확신할 겁니다. 지금도 의심은 하겠지만 확신과
의심은 다르죠."

철혈 이강진의 손자다.

실패하든 성공하든 한 번 더 시도했다가는 은월단 자체가
들킬 가능성이 있었다.

은월단은 때가 될 때까지 정체를 숨겨야 했다.

"한 번에 성공하고 싶어 백두검귀를 쓴 건데 말입니다 만……."

"그렇지. 한 번에 성공한 뒤 우리가 처분해 버리면 끝이니까. 그렇지?"

신생이 대답하지 않자 주원은 천진난만한 미소를 지어 보이고는 자리에서 일어났다.

"난감한 질문은 대답을 안 하네."

"다음 계획은 중요합니다. 만년하수오나 이번 암살은 실패해도 그만이지만 다음 계획은 실패하면 핵심 계획 중 하나가 엎어지는 겁니다."

"……또 일 시키려고?"

"부탁하죠. 작전 책임자를 바꿔야겠습니다. 네르갈에게 직접 움직여 달라고 하죠."

주원은 인상 쓰다가 머리를 긁적였다.

"나찰은 만나기 싫은데. 어쩔 수 없지."

이주원이 엄살을 떨며 나가자 선생은 의자에 앉아 창을 바라봤다.

이상하게 계획이 꼬이고 있다.

이서하. 그놈 때문이다.

그렇다면 이중삼중으로 안전장치를 하면 된다.

나찰.

인간이 이길 수 없는 귀신들.

"나도 참 아등바등 사는구나."

그렇게 중얼거린 선생은 한숨과 함께 밖을 바라봤다.

쓸데없이 화창한 날씨가 마음에 들지 않는 날이었다.

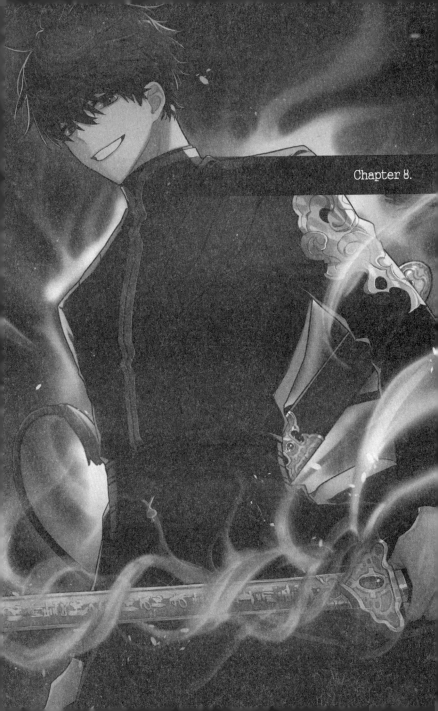

Chapter 8.

점심시간.

아린이네 아빠가 그러고 가 버리는 바람에 눈치 없이 '난 가족들과 밥 먹고 올게~.' 하면서 나갈 수가 없었다.

할아버지와 아버지와는 저녁을 같이 먹기로 하고 일단은 학관 내 식당으로 향했다.

식당에 들어가자 상혁이가 벌떡 일어나 손을 흔들었다.

"야! 여기야, 여기!"

"기다려. 나도 뭐 좀 주문하고. 일단 음식부터 먹자."

아린이는 고개를 끄덕였다.

학관 내의 식당은 도련님들이 다니는 곳과 어울리지 않게 전부 스스로 해야만 했다.

직접 가서 음식을 주문하고 또 쟁반에 나오면 스스로 가져 가야 한다.

일종의 자립심을 기르는 것이다.

전장에서 누가 음식을 내오고 치워 주고 하는 건 아니었으니까.

특히 식기 같은 건 자기가 잘 챙기지 않으면 금방 땅을 치고 후회하게 된다.

나는 국밥 하나를 시킨 뒤 가져가 상혁이 앞에 앉았다.

상혁이 녀석은 주변을 슬쩍 보고는 말했다.

"진짜 아무 일 없었냐?"

"아무 일 없었다고."

"해가 넘어갈 때까지 단둘이 있었으면 뭔 일이 있어도 있었을 거 같은데. 말해 봐."

남자들끼리 만나면 하는 이야기는 크게 3가지로 분류할 수 있다.

무공, 선인, 그리고 여자다.

"아무 일 없었다니까."

"쩝, 너도 별거 없구나. 난 네가 어른인 줄 알았지."

"……."

고작 15살짜리가 감히 내 자존심을 건드리다니.

내가 전생에는 아이만 없었다 뿐이지 연애도 많이 해 본 연애 고자, 아니 고수란 말이다.

…….

근데 생각해 보니 그쪽으로는 정말 뭔가 아무 일도 없었다.

하지만 여기서 물러날 수는 없지.

허세 좀 부리도록 하자.

"아무 일도 없었겠냐? 네가 상상하는 그 이상의 일들이 있었다고."

거짓말은 아니다.

음기 폭주, 백두검귀를 무기와 함께 베어 버린 것까지.

이걸 아무 일도 없었다고 할 수는 없다.

그쪽만 없었을 뿐이지.

"오오~ 뭔가 있었나 본데? 말해 봐."

"애는 몰라도 돼."

"애라니. 동갑이면서."

"나이는 동갑이지만 경험이 동갑이 아니잖아. 다시 말하지만 난 엄청난 걸 경험했다고."

"그 엄청난 걸 공유해 주지 않겠나, 친구?"

그때였다.

누군가 내 옆자리 의자를 빼 앉았다.

유아린이었다.

아린이는 살짝 미소를 지어 보이고는 옆머리를 쓸어 올리더니 나에게 말했다.

"그거 맛있어?"

"어?"

상혁이 녀석이 이게 뭐냐는 듯 나를 바라봤다.

요 3개월간 아린이가 특별한 용건 없이 남에게 말을 건 적은 없었다.

"어, 괜찮은데……."

"다음에는 그거 먹을까?"

상혁이는 나를 보고는 인정한다는 듯 고개를 끄덕였다.

쟤는 또 왜 저래?

그렇게 평범한 하루하루가 다시 시작되었다.

신로심법(身路心法).

세상에 존재하는 온갖 내공심법의 장점만을 모아 만든 신로심법.

이것의 시작은 자신의 몸을 완벽하게 이해하는 것부터다.

언제나처럼 아린이의 음기를 흡수한 뒤 나는 그녀를 앞에 앉혔다.

본격적으로 신로심법을 가르쳐 주기 위해서다.

물론 가르쳐 주는 건 상혁이도 함께였다.

"드디어 너의 그 알 수 없는 힘을 배울 수 있구나."

"쉽게 배울 수는 없을 거다. 어디까지나 이건 기초 심법일 뿐, 이걸 배운다고 강해지는 건 아니야. 몸을 건강하게 만들고 기를 운용하는 법을 배울 뿐이지."

강해지기 위한 준비물이라고 해야 할까.

어쨌든 기초 심법을 단단하게 해 놓으면 훗날 새로운 심법을 배울 때도 도움이 될 것이다.

"그럼 먼저 천로(闡路)부터 시작한다. 기를 작게 뭉쳐서 최대한 민감하게 만들어야 해. 모든 것이 느껴질 정도로. 알았지?"

상혁이와 아린이는 동시에 눈을 감고 집중하기 시작했다.

"만들면 말해. 좀 걸릴 거야."

"만들었어."

먼저 상혁이가 말했다.

지금 몇 초 지났더라? 저 재능충 자식.

그때였다.

"나도."

아린이도 만들었다.

뭐야?

나만 저거 만드는 데 며칠이나 걸린 거야?

"너희 제대로 만든 거 맞아? 그냥 뭉치는 게 아니라 마치 그 기에 눈이 달린 것처럼 모든 것이 느껴져야 해."

아린이와 상혁이가 당연한 걸 왜 물어보냐는 듯 고개를 끄덕였다.

이 미친놈들.

부러워하면 지는 거다.

나도 회귀한 뒤로는 1초도 걸리지 않았잖아.

난 진 게 아니다.

"좋아. 그럼 그걸로 온몸의 기맥을 전부 돌아보는 거야. 천천히 모든 것을 느끼면서. 샛길도 빠트리지 말고 돌아."

두 사람은 대답 없이 집중하기 시작했다.

이건 좀 걸릴 수밖에 없다.

두 사람이 길을 밝히는 동안에 나는 강로(強路)를 수련할 생각이었다.

강로 역시 천로와 비슷하다.

최대한 기를 크고 날카롭게 뭉친 뒤 기맥을 단련하는 것.

그렇게 한 바퀴를 돌고 눈을 떴을 때도 아린이와 상혁이는 열심히 천로를 수련하고 있었다.

역시 이건 오래 걸린다.

처음 천로(闡路)를 수련할 때는 어쩔 수 없다.

횃불 하나에 의지해 미궁을 탐험하는 것과 마찬가지였으니 여간 재능이 뛰어나지 않으면 오래 걸릴 수밖에.

나는 강로를 몇 번 더 돈 뒤 손뼉을 쳤다.

"자, 여기까지. 첫 한 바퀴는 매우 힘들 거야. 사용하지 않아 굳게 닫혀 있는 기맥도 많을 테니까. 매일 천로를 수련해서 이 기맥을 전부 여는 것이 1차 목표야. 꽤 걸릴 거야."

상혁이 녀석은 풀이 죽어 말했다.

"어렵네, 이거. 반 정도밖에 못 돈 거 같아."

"……."

저 자식 오늘 하루 만에 한 바퀴를 돌 생각이었나?

나는 얼마나 걸렸었지?

맞아, 3달이었다.

……천재들 다 죽었으면.

그렇게 생각할 때 아린이가 풀이 죽어 말했다.

"나도 반 정도밖에는. 미안."

도대체 뭐가 미안하다는 거지?

기대에 부응하지 못해서?

그렇다면 사실이다.

난 이 두 천재가 고생하는 걸 보고 싶었으니까.

너흰 내 기대에 부응하지 못했다.

"……천로는 단순 반복이야. 길을 간다고 생각하고 계속 수련해. 천 번 정도 반복하면 전부 깔끔하게 열릴 거야."

여기부터는 재능이고 뭐고 없다.

단순 반복.

하지만 이 녀석들은 노력에도 천재적이었으니 금방 해낼 것이었다.

"하루에 10번씩만 하면 100일이면 끝이야."

물론 하루에 10번씩 하기까지도 꽤 걸릴 테지만 말이다.

아마도 지금은 한 번 기맥을 도는 데 하루는 족히 걸릴 것이다.

그렇게 길이 전부 열려 몸의 지도가 완성되는 그때부터 본격적인 수련이 가능한 것이다.

"그럼 오늘은 해산. 내일 보자."

상혁이와 아린이가 숙소로 돌아가고 홀로 연무장에 남은 나는 다음 단계 수련을 시작했다.

"슬슬 본격적으로 시작해 보자."

낙월검법.

모든 것은 이 낙월검법을 수련하기 위한 준비나 다름없었다.

아린이 덕분에 극양신공의 숙련도는 꽤 올라갔다.

낮에는 양기와 음기를 나누었다가 섞기를 반복했고 밤에는 음기를 양기로 바꾸는 수련을 했다.

3개월간 반복한 끝에야 실전에서도 사용할 수 있을 정도로 빠르게 음기를 나눈 뒤 양기로 바꿀 수 있게 되었다.

"미리 만들어 놓으면 진짜 40살 전에 죽을 수도 있으니 실시간으로 만들어 써야 해."

미리 양기를 만들어 저장해 놓는 형식은 수명을 깎아 먹는다.

그렇기에 실시간으로 음기를 양기로 바꾸고 바로바로 충

전하는 것을 연습해야 한다.

"상상만 해도 토 나오네."

한 번의 실수가 죽음으로 이어지는 실전에서 양기와 음기를 나누고 또 그 음기를 심장으로 보내 양기로 바꾸는 것까지 해야 한다는 것이다.

이는 마치 양손으로 다른 그림을 그리는 것과 같다.

"하지만 해야지."

몸이 망가져 40살 전에 죽기 싫다면 그렇게 해야만 한다.

수명에 미련은 없지만 내가 40대에 요절하고 나면 나찰을 누가 믹겠는가?

전쟁은 오랫동안 이어졌다.

동방의 왕국이 모두 멸망한 것은 수십 년 이후의 일이었고 서방의 국가까지 생각한다면 내가 80살이 될 때까지는 전쟁이 이어질 것이었다.

고작 40에 요절할 수는 없다.

"수련만 하면 못 할 것도 없다."

오래 살며 깨달은 진리였다.

시간의 차이만 있을 뿐.

인간에게 불가능한 일은 없다.

나는 그렇게 생각하며 바꾼 양기를 운용했다.

온몸이 황금빛으로 빛나며 말로는 표현하기 힘든 고양감이 느껴졌다.

낙월검법은 여기서부터 시작이었다.

"흐읍."

나는 흥분하지 않기 위해 심호흡하며 천천히 몸을 움직였다.

낙월검법의 동작들은 하나같이 초인적인 유연성과 근력, 그리고 균형 감각을 요구했다.

그만큼 양기 폭주 상태가 아닌 이상 인간이 이어 나가는 것이 불가능한 동작들로 이루어져 있었다.

그 움직임이 너무나 기괴해 나찰과도 같았다.

극과 극은 통한다는 말이 여기서도 맞아떨어지는 셈이었다.

나는 이 난해한 낙월검법의 동작을 이어 가면서도 멈추지 않고 계속해서 양기를 만들어 냈다.

집중력이 양쪽으로 분산되자 기술의 완성도가 떨어지기 시작한다.

'집중하자. 집중.'

두 가지 일을 한 번에, 그리고 완벽하게 처리해야만 한다.

최대의 집중을 유지하며 모든 동작을 수행한 나는 깊게 숨을 내쉬었다.

아무 생각이 나지 않을 정도로 진이 빠져 버렸다.

"익숙해지겠지."

하지만 3개월 안에 익숙해질까?

"준비를 아무리 해도 모자란 느낌이네."

이변이 없는 한 3개월 뒤 여름방학에 아린이는 폭주한다.

그때까지 할 수 있는 모든 걸 해야만 한다.

"영약 특별전 할 때 경매장 가서 다 긁어 와야지. 몸 상하네, 몸 상해."

슬슬 돈의 힘을 좀 빌려야 할 것만 할 거 같다.

◆ ◈ ◆

성혁이와 아린이를 지도하면서 나 또한 수련에 매진하기를 며칠.

드디어 기다리고 기다리던 수업이 시작되었다.

바로 약선님의 수업이었다.

'약선님 책으로 약학을 공부했었지.'

회귀 전, 나는 배울 수 있는 건 전부 배우려고 했다.

회귀가 가능하다는 것을 알아차린 그 순간부터 나의 전생은 오직 회귀 후를 준비하는 기간이었고 가능한 모든 분야의 지식을 달달 외웠다.

내가 가진 유일한 재능이 바로 이 기억력이었으니 말이다.

하지만 아쉬운 것도 있었다.

바로 물어볼 선생님이 없다는 것이었다.

책만 보고는 이해하기 힘든 부분들이 많았고 이에 대해 질문을 할 수도 없으니 그냥 통째로 외워 다음 생을 기약했다.

그리고 이제야 이를 물어볼 기회가 온 것이다.

'바빠서 직접 찾아가 보지는 못했지만.'

아무 이유 없이 약선님을 귀찮게 할 수는 없지 않은가.

아린이가 약선님과 수업한다는 걸 더 빨리 알았다면 아린이를 보러 가는 척 슬쩍 가 봤겠지만 말이다.

그렇게 약선님을 기다리고 있을 때 옆에서 상혁이가 말했다.

"한 바퀴 돌리는 데 네 시진 걸리더라. 천 번 언제 하냐?"

"그 정도면 빠른 거야."

"이런저런 수련 하고 나면 하루에 한 번 돌기도 어려운데?"

"보통은 하루가 아니라 일주일 걸려. 그래서 완벽하게 하는 데 한 3년 걸리지. 그래도 점점 빨라질 거야. 나중에는 반 시진이나 한 식경 정도면 충분할 테니까."

"빨리 그러고 싶다. 3년은 좀……."

"인생 전체로 보면 길지 않은 기간이니까. 조급해하지 말고 해."

고작 기초 심법에 3년이라는 시간이 걸린다면 조급한 마음이 들 수밖에 없다.

하지만 이 3년이 앞으로의 60년을 좌지우지한다고 생각한다면 못할 것도 없지 않은가.

게다가 상혁이 속도라면 3년이 아니라 1년 안에도 졸업할 수 있을 것 같다.

"난 약초 수업 모르겠더라. 아무리 공부해도 생긴 게 다 거기서 거기인 거 같아."

"집중해. 나중에는 듣고 싶어도 못 듣는 수업이다."

"네기 내 몫까지 듣고 나중에 설명해 주면 되겠다."

"……그럼 그냥 천로나 한 번 더 해라."

"좋은 생각이야."

상혁이는 생각보다 똑똑한 놈이 아니었다.

전형적으로 몸으로 하는 건 잘하고 머리로 하는 건 못하는 근육 뇌라고나 할까.

완전무결한 천재는 오히려 아린이었다.

"아린이 너는 약선님 수업 듣는다며."

"응. 음양조화신공 배우고 있어."

음양의 조화를 맞추는 신공.

이름 그대로의 무공이었다.

아린이가 이를 배우는 건 이해가 간다.

하지만 쓸데는 없을 거다.

약선님에게는 미안하지만 신로심법이 음양조화신공의 장점만 쏙 빼 온 심법이었으니까.

하지만 약선님에게 가르침을 받는 건 부러울 수밖에 없었다.

"좋겠다. 약선님이랑 수업이라니. 약선님은 어떤 분이야?"

"……."

아린이는 눈을 깜빡였다.

나에게는 최고의 위인 중 하나다.

약선님의 서적을 읽으며 얼마나 많은 깨달음을 얻고 도움을 받았던가.

나에게는 은인이자 위대한 스승.

하나라도 더 알고 싶었다.

아린이는 잘 들리지 않게 중얼거렸다.

"……욕쟁이 할아버지."

"응?"

방금 뭐라고 했는데 못 들었다.

"그냥 좋으신 분이야."

"아! 그렇지. 좋은 분이지. 책만 봐도 알겠더라."

"책?"

"아무것도 아니야."

때마침 약선님이 교실 안으로 들어와 말했다.

"반갑다. 나는 약선(藥仙)이라는 과분한 칭호를 받은 양천 (兩川) 허 씨, 허운이다."

양천 허 씨는 의술로 유명한 집안이었다.

양천 허 씨의 사람들은 가문의 비전 무공인 음양조화신공과 생사침술(生死鍼術)로 전국 곳곳에서 의원으로 활동하고 있었다.

그 위대한 가문의 수장이 바로 약선님이었다.

학생들이 모두 손뼉을 치고 약선님이 말했다.

"지금까지 약학에 대해 기본은 배웠을 거로 생각한다. 거두절미하고 너희들의 수준을 보고 싶구나."

사방에서 죄절히는 소리가 들렸다.

보통 저러면 시험을 본다는 소리였으니까.

나는 어떤 시험을 보든 만점을 받아 약선님의 마음에 들 생각이었다.

'약선님에게 질문할 100가지 목록'이 나의 방에서 때를 기다리고 있었으니까.

"그럼 따라 나와라."

"……?"

모두가 고개를 갸웃거리며 서로를 바라봤다.

시험 보는 거 아니었나?

성무학관을 가로질러 도착한 의원.

약선님은 눈앞의 동산을 가리키며 말했다.

"저기가 내 개인 약밭이다. 저 안에서 여기 적힌 약을 따 오는 게 시험이다."

실기 형식의 시험이었다.

약선님이 써 붙인 종이에는 약초의 종류가 적혀 있었다.

"설백꽃, 추영초, 숙지황, 천궁……."

종류가 꽤 많다.

저것들을 전부 재배하고 있다는 건가?

나는 개인 약밭이라는 거대한 동산을 올려다보았다.

햇빛이 잘 드는 양지바른 곳이다.

확실히 어떤 약초든 잘 재배할 수 있을 것만 같다.

"쉽네. 밭에서 저거 찾는 거야 금방이지."

"빨리 가자. 빨리."

아이들은 서로 다투어 밭으로 달렸다.

혹시나 약초가 모자란다면 빨리 가는 사람이 임자이기 때문이었다.

그때 약선님이 나에게 말했다.

"네가 서하냐?"

"네. 저를 아십니까?"

"아린이에게 많이 들었다. 아린이를 도와주고 있다고? 실력이 굉장하다고 요즘은 네 말만 하더구나."

아린이 요것.

안 그래도 예쁜데 행동까지 예쁘다.

약선님에게 첫인상부터 먹고 들어간다는 건 바라던 일이었다.

"아닙니다. 저도 아린에게 많은 도움을 받고 있는걸요."

"어쨌든 지금 이건 시험이라는 걸 이해했으면 좋겠구나."

"네? 그게 무슨……."

"다른 애들 도와주지 말란 소리다."

"……."

약선님은 껄껄 웃으며 들어갔다.

다른 애들을 도와주지 말라고?

밭에서 약초 찾아오는 거에 도와줄 게 있나?

하지만 짜잔!

도와주지 않으면 큰일 날 거 같습니다!

무슨 밭이 독초 9할에 약초 1할이었다.

추영초가 심어져 있는 곳에는 마비를 일으키는 독초가, 설 백꽃 주변에는 설사를 일으키는 독초가 있었다.

약선님.

이게 무슨 악취미십니까?

그때 상혁이가 나를 발견하고는 외쳤다.

"야야! 서하야. 빨리 가서 따. 한영수 패거리가 다른 애들 안 주겠다고 지들이 다 따고 있어."

"……그래? 너는?"

"나는 다 땄지."

상혁이가 자랑스럽게 자신의 약초들을 내밀었다.

7할은 독초였다.

아마 나머지 3할도 뭘 알고 딴 건 아닐 것이다.

이대로라면 낙제점이었기에 조언을 해 주려는 그 순간.

시선이 느껴졌다.

약선님이 나를 매의 눈으로 지켜보고 있었다.

……상혁이는 포기하자.

"……잘 땄네. 어서 가 봐."

"너도 빨리 따서 와. 애들이 다 따기 전에."

"그래. 그래."

나는 고개를 끄덕이고는 상혁이를 보냈다.

미안하다 상혁아.

오늘은 다리가 마비된 상태로 뒷간에서 살게 될 거야.

잠깐.

다리가 마비되었는데 화장실은 어떻게 가지?

'상상하지 말자.'

그것보다 아린이는…….

아린이가 저 극악무도한 독약에 중독되는 건 절대로 못 본다.

마침 아린이가 약초를 가지고 왔다.

"따, 땄어?"

"응. 근데 독초가 많네? 약초는 조금밖에 없었어."

다행히도 그녀가 딴 약초들은 전부 제대로 된 약초들이었다. 특히나 잘못 따면 그 독성이 고약한 추영초와 설백초는 확실히 진짜였다.

어느 정도 독초를 전부 구분할 수 있게 되었구나.

참상은 피했다.

저번 추영초 사건 이후로 열심히 약초학을 공부한 결과였다.

아린이는 걱정이 없을 거 같으니 이제 나도 좀 따 보자.

"어? 이서하. 너 어떡하냐? 우리가 다 땄는데?"

밭을 엉망으로 만든 한영수 패거리가 나에게 말을 걸어왔
다.

나를 엿 먹이려고 약선님의 밭까지 망쳐 놓다니.

참으로 대단한 놈들이다.

뒷감당 생각은 안 하나?

"찾아보면 있겠지. 그보다 너희들은 좀 땄냐?"

"그럼 우리가 그런 약초 구분도 못하겠냐?"

구분 못했다.

독초만 9할을 들고 있는 저 한영수의 패거리들.

양은 또 왜 저렇게 많은지 모르겠다.

"그래. 잘했네. 이거 이번에는 내가 지겠는걸?"

"하하하, 열심히 땅이나 뒤져 봐."

한영수 패거리는 깔깔거리며 동산을 내려갔다.

명복을 빌어 주도록 하자.

한영수 패거리까지 내려가고 나는 천천히 약초를 찾기 시
작했다.

안 그래도 제대로 된 약초가 거의 없는데 그마저도 다 흙에
파묻혀 버렸다.

개수는 좀 떨어지지만 일단 있는 대로 챙겨서 가자.

독초를 챙길 수는 없는 일이니까.

그렇게 찾다 보니 다른 학생들은 다 내려가고 결국 나만 남았다.

아니, 그래도 아린이가 기다려 주고 있으니 내가 승리자인가?

"모자라면 내 거 줄까? 난 괜찮은데."

"아니야. 어쩔 수 없지. 내가 빨리 안 왔으니까."

"내가 좀 줄 수 있는데. 줄게."

"그러지 마. 너라도 만점 받아야지."

"주고 싶은데……."

아린이가 뭐라고 중얼거릴 때 옆에서 약선님이 다가왔다.

"잠깐만 보자꾸나."

약선님은 내가 딴 약초들을 살피더니 말했다.

"저기 있는 것들은 왜 안 따느냐?"

"독초가 아닙니까?"

"독초라니?"

"추영초와 똑같이 생겼지만 잎의 끝부분이 갈라져 있지 않습니까? 이건 먹으면 마비가 되는 독초입니다. 거기다가 저기 설백꽃……."

"그만하면 됐다."

약선님은 내 말을 끊고는 고개를 끄덕였다.

"아린이 말대로구나. 넌 만점이다. 재미없구나."

"만점이라뇨?"

"쯧쯧쯧. 재미없는 놈."

약선님은 그렇게 영문 모를 말을 하며 내려갔다.

나는 그때를 놓치지 않고 아린이가 딴 나머지 약초를 살폈다. 추영초와 설백초는 잘못 따면 큰일 나기에 전에 확인을 했으나 나머지까지 확인할 시간은 없었다.

"다른 것도 좀 보여 줄래? 확인 좀 해 보려고."

"응. 여기."

하지만 내가 제대로 확인하기도 전에 약선님이 돌아보았다.

"거기, 내가 뭐라고 했지? 알려 주는 거 금지다. 재미없게 만들지 말거라."

"죄송합니다!"

나는 크게 외치고 약선님의 옆으로 이동했다.

아린이가 어리둥절하게 바라보고 있었으나 어쩔 수 없다. 나는 약선님에게 잘 보여야 하니 말이다.


다시 돌아온 의원.

약선님은 학생들을 불러 모은 뒤 입을 열었다.

"자, 그럼 너희가 따 온 약초들로 각자 탕약을 끓일 것이다. 모두 손질하는 법은 이미 배웠으리라 믿는다. 그럼 지금부터 한 시진을 주마. 필요한 물건은 약방에서 가져다 쓰도록. 그리고 거기 너. 이서하."

"네."

"너는 나를 따라오너라. 넌 탕약을 만들 필요가 없다."

이미 만점이라고 하셨으니 다른 걸 시키시려는 걸까?

한영수는 그런 나를 보며 비웃었다.

"쟤 약초 없나 보네. 크크크, 병신."

나는 비웃는 한영수를 슬쩍 보고는 약선님을 따라갔다.

한영수는 그냥 놔두자.

이미 흙빛 미래가 펼쳐진 놈이었으니까.

약선님은 잣 한 통을 내오며 말했다.

"넌 이걸 까거라."

"네. 그런데 아이들이 따 온 것으로 탕약을 만들면 사약이 될 텐데요. 괜찮습니까?"

"사약까지는 아니지. 그냥 약한 독들이다. 한 번쯤 먹어도 죽지 않아."

"저걸 먹이실 겁니까?"

"당연하지. 좋은 경험이 될 거다."

정말 저걸 먹인다고?

약선님의 말대로 좋은 경험은 되겠지만 전부 독에 중독되면 뒤처리는 누가 하지?

"그나저나 너는 어떻게 그렇게 약초에 해박한 것이냐?"

"관심이 많아 혼자 공부했습니다."

"네 나이에 이룩할 수 있는 경지가 아닌데?"

약선님이 의심하는 것도 어쩔 수 없다.

고작 15살에 모든 약초를 알아볼 수 있을 정도의 눈을 가진 사람이 어디 있겠는가?

그것도 현직 약사들도 헷갈리는 약초들을 말이다.

이럴 때는 아버지를 조금 이용하자.

"아버지가 약사셔서 많이 배웠습니다."

"아버지가 약선이신가?"

"……약선님은 지금 제 앞에 앉아 계시지 않습니까?"

"그렇지. 그러니까 아니지. 그런데 어떻게 너는 그리 뛰어난 것이냐?"

"재능이 있었나 봅니다."

"재능? 하하하. 재능이란 말이지."

내가 이런 말을 하게 될지는 몰랐다.

재능과는 거리가 멀었는데 말이다.

그러자 약선님이 무섭게 나를 노려보며 말했다.

"그래, 재능이라고 하자. 그러면 너, 내 제자가 되는 게 어떠냐?"

"……갑자기요?"

"갑자기라니. 내가 15살 때 지금의 너만큼도 못했다. 그러고도 가문의 희망이니 뭐니 하는 소리를 들었었지. 네 말대로 이것이 재능이라면 넌 의술을 배워야 한다. 재능을 썩힐 테냐?"

"그게……."

몇 가지 물어보고 싶은 게 있을 뿐 제자는 되기 싫다.

지금 낙월검법을 수련하는 데도 머리가 빠질 지경인데 여기서 약선의 제자가 되었다가는 대머리가 되어 버리고 말 것이다.

백두검귀처럼.

"말씀은 감사하지만 저는 그럴 생각이 없습니다."

"지금 약선인 나의 제안을 거절하는 것이냐?"

"전 배워야 할 다른 것들이 많습니다."

미안한 말이지만 음양조화신공은 배워 봤자 쓸데도 없으니 말이다.

생사침술은 허 씨 가문의 비전 무공이니 나 같은 외부인에게 알려 줄 리도 없…….

"생사침술을 가르쳐 주려고 했는데 아쉽구나."

"사부님! 제자의 절을 받으십시오!"

……지 않구나!

생사침술(生死鍼術).

사람을 살리고 죽이는 침술이라는 단순한 의미다.

심장이 멈춘 사람도 다시 살릴 수 있다는 양천 허 씨 가문의 신비.

가주만을 비롯해 오직 극소수만이 배울 수 있는 침술이었다.

그걸 배울 수 있단 말인가.

"요놈 보소."

약선님, 아니 사부님은 껄껄 웃으며 말했다.

"크게 될 놈이로다. 하하하!"

마음 바꾸기 전에 빨리 절해 버리자.

근데 나 재능 없는데 어쩌지? 생사친술같이 한 번도 배워 본 적 없는 것을 하면 다 들통나는 거 아닌가?

몰라. 그런 건 나중에 생각하자.


얼마 지나지 않아 모두가 탕약을 가지고 와 일렬로 섰고 나 또한 내 자리로 돌아갔다.

나는 자신의 미래도 모르고 히죽히죽 웃고 있는 상혁이를 바라봤다.

불쌍한 놈.

아린이야 어느 정도 봐 주었으니 최악은 피하겠지만 상혁 이는 온갖 독초를 다 가지고 있었다.

미안하다. 상혁아.

지켜 주지 못해서 미안해.

줄여서 지못미.

"그럼 지금부터 자기가 만든 탕약을 마신다."

모두가 의심 없이 탕약을 마시기 시작했다.

누가 약선의 밭에 독초가 있겠다고 생각하겠는가?

나는 자신 있게 독약을 들이켜는 상혁이를 바라봤다.

뭐가 들어갔는지도 모르고 단숨에 들이켜는 녀석.

"캬아, 역시 몸에 좋은 건 쓰네."

"……독도 써."

"응?"

"독이 더 쓰다고. 약보다."

"에이, 독은 무슨…… 어?"

상혁이는 벌벌 떨리는 다리를 보며 말했다.

"이거 왜 이래?"

"탕약이니까 효과가 바로 오지."

생으로 먹었다면 흡수되는 데 시간이 걸리겠지만 팔팔 끓인 탕약으로 먹으면 직방이다.

독이 아주 잘 흡수되었을 것이다.

"내 말 잘 들어. 곧 있으면 배 속에서 난리가 날 거야. 지금 당장 화장실로 가서 절대로 나오지 마. 괜찮아졌다고 생각돼도 절대 나오지 말고 두 시진은 버티겠다고 생각해. 그럼 화장실 꽉 차기 전에 빨리 가라."

"……그래. 알았어."

상혁이 녀석은 벌벌 떨리는 다리를 이끌고 화장실로 향했다.

그 뒤를 이어 한영수 패거리가 이상함을 눈치 챘다.

"뭐야 이거? 왜 갑자기 눈이 안 보이는데?"

"으베에베에베."

"잠깐! 나 화장실. 아아아! 다리, 다리!"

혀가 마비된 놈, 눈이 안 보이는 놈, 가지각색이었다.

그나마 아린이는 정상이라 다행이다.

상황이 악화되자 약선님이 껄껄 웃으며 외쳤다.

"하하하! 다들 하루, 이틀이면 괜찮아질 거다. 운기조식이라도 하면 더 빨리 나을지도 모르지. 오늘 수업은 여기까지다. 좋은 경험을 했다고 생각하거라."

"진짜 이렇게 가십니까?"

"그럼 뭐 구경이라도 더 하고 가리? 너는 내일부터 유시(오후 5시)에 나를 찾아오너라."

"알겠습니다."

일정이 하나 추가되었다.

그래도 생사침술이다.

제대로 배우자.

그렇게 약선님이 떠나고 아린이가 나에게 다가왔다.

"마침 잘 왔다, 아린아. 넌 여자애들 챙겨라. 내가 남자애들 챙겨서……."

"으헤헤, 내 친구다. 친구."

"……."

기분 좋은 소름이 돋았다.

실없이 웃으며 나에게 다가오는 아린이.

뭔가 눈이 풀려 있다.

"내 친구. 나만의 친구. 우리 친구 맞지? 그렇지? 서하아아 아아아."

"잠깐만, 너……."

취했다.

아…… 뿌리 식물들을 봐주지 못했다.

뿌리 식물 중에서는 술과 같이 사람을 취하게 만드는 독초가 있었다.

다른 독초에 비해 독초라고도 할 수 없는 것이었으나 문제는 아린이가 술에 약하다는 것에 있었다.

"정신 좀 차려 봐. 그래 봤자 술 한 잔 정도 한 거 아니야?"

"흠냐. 내 친구. 영원히 친구."

그대로 누워 버리는 아린이.

아니, 귀엽고 예쁜 건 좋은데 이걸 어쩌냐?

그러던 중 좋은 방법이 생각났다.

"하긴, 이럴 때 쓰라고 있는 교관들이지."

모르겠다. 전부 강무성한테 맡기도록 하자.

나는 아린이만 챙겨 그 지옥과도 같은 의원을 빠져나왔다.


"아, 약선님. 제발……."

강무성은 난장판이 된 의원 앞에 서서 한숨을 내쉬며 말했다.

"정리 좀 해라."

"성무학관 일 쉽다면서요. 선인님."

"나도 그런 줄 알았어."

상급 무사들이 아이들을 챙기는 사이 약선, 허운은 약초를 씹으며 이서하를 떠올렸다.

"별난 놈이네."

이강진의 손자.

고작 15살짜리인 그 꼬마의 눈에는 허운 자신도 겪지 못한 세월이 담겨 있는 것만 같았다.

그래서 떠보았다.

제자가 될 거냐고 말이다.

"생사침술을 어떻게 알고 있는 것이냐? 꼬마야."

생사침술(生死鍼術).

침 하나로 사람을 살리고 죽이는 기술이었다.

하지만 약선은 단 한 번도 이 침술의 이름을 밝힌 적이 없었다.

그저 허 씨 가문에는 엄청난 침술이 존재하며 약선은 이를 사용해 기적을 일으킨다고 알려져 있을 뿐.

그런데 이 꼬마는 생사침술의 이름을 듣자마자 태도를 바꾸었다.

마치 생사침술이 비전 무공임을 아는 듯이.

'그저 침술을 배우고 싶어 한 것일 수도 있으나…….'

하지만 그랬다면 처음 제자로 받아 준다고 했을 때부터 기뻐했겠지.

"이상한 놈일세."

재능이 뛰어난 놈은 싫지 않다.

하지만 그 뛰어난 재능으로 자신의 야욕을 채우려고 한다면 사전에 막아야만 한다.

약선은 서하가 어떤 사람인지를 가까이서 지켜볼 생각이었다.

만약 그가 선한 사람이라면 생사침술을 알려 줄 것이고, 반대로 악한 인물이라면 그때는 단전을 막아 버릴 생각이었다.

너무나도 뛰어나기에.

이서하는 악인이면 안 된다.

"아들들이 못났다고 한탄하더니."

손자 둘을 괴물로 만들어 놓았을 줄이야.

아니, 괴물이 태어난 것인가?

"진짜 황금 세대구나."

약선은 그렇게 말하며 회귀 전 서하가 읽었던 그 의학 서적의 집필을 이어 갔다.

◆ ◈ ◆

하루가 너무 짧다.

약선님과의 수업을 한 번 하고 든 생각이었다.

약선님이 준 비급에는 침술의 기본 중의 기본인 혈도들이 나와 있었다.

"내일까지 그 혈도들을 다 외워 오너라."

"내일까지요?"

"재능이 있다면 그 정도는 해야 하지 않겠느냐?"

"……."

혈도는 다 안다.

내가 회귀 전에 논 것도 아니고 친구라고는 존순과 책뿐이었으니 말이다.

하지만 여기에는 내가 모르는 혈도가 수백 개는 더 적혀 있었다.

예를 들어, 손바닥에 존재하는 혈의 개수는 총 75개.

그런데 이 책에는 정확히 183개의 혈이 적혀 있었다.

"사부님. 보통 손에는 75개의 혈이 있지 않습니까? 그런데 이 책에는 더 많아 보입니다."

"당연하지. 남들과 같으면 그게 가문의 비전 무공이겠느냐? 독자적으로 알아낸 추가 혈들이다. 네가 말한 대로 핵심 혈은 75개이지만 양천 가문에서 찾은 추가 혈들은 이 핵심 혈과 같이 자극했을 때 좋거나 나쁜 영향을 미치는 것들이다. 이것을 전부 알아야 생사침술을 시작할 수 있다."

"네. 그렇군요."

걱정하지 말자.

기억력은 자신 있다.

근데 아무리 그래도 너무 많다.

손바닥만 100개가 넘게 추가되었으니 전신으로 들어가면 1,000개도 넘게 추가되어 있을 것이다.

그걸 하루 만에……

"지금이라도 포기할 테냐?"

"절대 아닙니다. 한 번 사부님은 영원한 사부님 아니겠습니까?"

배워야 한다.

생사침술을 사용할 수 있다면 보다 많은 사람들을 살릴 수 있으리라.

의술을 몰라 죽어 가는 동료들을 눈앞에 두고 발만 동동 구르던 것이 몇 번인가. 그때를 생각한다면 혈 자리를 외우는 것 정도는 어려운 일도 아니었다.

"그럼 다 외워 오겠습니다."

이걸 외우면서 낙월검법을 익히고, 일검류를 수련하면서 상혁이랑 아린이도 봐주려면……

"잠을 줄이면 되겠구나!"

이번 생에 잠은 죽어서 자도록 하자.


매일 2시진도 못 자고 수련에 몰두하는 사이 봄이 지나 여름이 덮쳐 왔다.

향기로운 꽃향기와 뜨거운 태양이 내리쬐는 8월.

곧 방학.

즉 아린이의 폭주 사건이 일어날 시기가 다가오고 있는 것
이었다.

◆ ◈ ◆

아지랑이가 보이는 연무장은 언제나처럼 학생들로 가득했
다.

남자아이들은 웃통을 벗고 미약한 근육을 자랑했고 여자
애들은 짧은 바지와 민소매를 입고 수련에 임하고 있었다.

전각 위에서 잠시 쉬며 아이들을 내려다볼 때 아린이가 다
가왔다.

"뭐 봐?"

"애들 수련하는 거. 다들 열심히는 하네."

저 중에 몇 명은 아린이 일이 해결되면 내가 길을 잡아 줘
야만 한다.

그러니 지금부터라도 실력을 제대로 확인해야만 했다. 그
래야 정확한 수준에서 지도가 들어가 줄 수 있을 테니까.

그전에 아린이와 상혁이가 신로심법을 완성해 주었으면
좋겠는데 말이다.

이제야 천로(闡路)의 수련이 마무리되어 가고 있었으니 강로까지 하려면 꽤 걸릴 것만 같다.

잠깐만! 아직 3개월밖에 안 지났는데 천로를 마무리한다고?

이 재능충들.

갑자기 슬퍼지기 시작한다.

그때 아린이가 옆에서 말했다.

"근데 서하야. 방학에는 뭐 해?"

"아, 나 너희 집 가려고."

아린이가 큰 눈을 깜박였다.

너무 급작스러웠나?

나는 바로 설명을 덧붙였다.

"수련 계속해야지. 상혁이야 좀 여유가 있어도 너는 여유가 없잖아. 빨리 신로심법을 완성시켜야 하니까."

"응. 맞아. 그렇게 하자."

기쁜 얼굴로 흔쾌히 수락해 주는 아린이.

사실 좀 난감한 표정을 지어도 그냥 막무가내로 가려고 했는데 말이다.

어쨌든 저렇게 기쁘게 초대해 준다면 나야 고맙다.

"그럼 방학 때 같이 가자. 난 수련하러 가 볼게."

아린이가 사라지고 뒤에서 보고 있던 상혁이가 말했다.

"나는 그럼 어떡하나?"

"너는 청신으로 가서 할아버지랑 수련해. 좋은 경험이 될 거야."

"너 없이?"

"어쩔 수 없어. 아린이네 꼭 가야 하거든."

"친구보다는 사랑이구나. 하지만 내 우정은 너의 사랑을 응원한다, 친구야."

뭔가 대단히 오해하는 거 같지만 사실을 말할 수는 없으니 일단은 대충 얼버무리자.

"난 연애할 생각 없다. 독신주의야."

"아린이 가지고 놀지 마라. 학관 내 모든 남자들을 적으로 돌릴 생각이냐?"

"모든 남자들이냐? 신입생들이 아니라?"

"당연하지. 2, 3학년들은 다음 학기 축제만 노리고 있다고 하더라."

"호오. 그걸 넌 어떻게 아냐?"

"2학년 누님들이 말해 주던데?"

"아······."

상혁이도 꽃미남이었지.

나만 오징어구나.

아버지 죄송합니다. 아버지 얼굴로 오징어가 되어 버렸어요.

"잘 챙겨라. 이상한 놈들 붙기 전에."

"잘 챙겨야지."

이번에 폭주하지 않도록 말이다.

상혁이는 미소를 짓고는 연무장으로 내려갔다.

정말로 결전의 순간이 다가오고 있었다.

◆ ◈ ◆

유아린은 전서구에 편지를 달아 날렸다.

"허락해 주시겠지?"

걱정스럽게 중얼거린 그녀는 긴장한 듯 아랫입술을 깨물었다.

"인정해 주셨으니까."

지금까지 친해진 아이들에게는 더는 다가오지 말라며 선을 그었던 아버지였다.

그런 아버지가 선인님과 면담을 할 때 서하에게 잘 부탁한다고 말했다.

그 말은 친구가 되는 것을 허락한 것과 마찬가지였다.

"괜찮을 거야."

그렇게 날려 보낸 전서구는 바로 하루 뒤 답장을 달고 날아왔다.

약선님과 음양조화신공을 수련하던 중 받은 답장.

편지에는 단 두 글자뿐이었다.

-불허(不許)

아린은 단 한 번도 아버지의 뜻을 거스른 적이 없었기에 반론조차 한 적이 없었다.

아버지가 말하면 묻지도 따지지도 않고 따랐고 그렇게 지금까지 살아왔다.

그렇기에 이번에도 포기할 수밖에 없었다.

하지만 그게 마음에 들지 않았다.

"친구인데……."

친구끼리는 서로 집에도 놀러 가고 하는 거 아닌가.

그리고 서하가 그냥 친구인가?

자신의 음기를 받아 주었고 목숨까지 살려 준 은인이 아니던가.

하지만 뭐라고 답장해야 할지 떠오르지 않았다.

'어쩌지?'

그때 제자가 울상을 짓고 있는 것을 본 약선이 말했다.

"무슨 일이냐? 표정이 안 좋구나."

"약선님."

아린은 잠시 머뭇거리다 말했다.

"그게……."

아린은 상황을 설명하고 어떻게 해야 할지 자문을 구했다.

그에 약선은 고개를 갸웃하더니 말했다.

"그놈이 너희 집은 왜 간다더냐?"

"제 수련을 도와주고 있습니다. 저를 신경 써서 방학에도 도와주겠다고……."

"흐음. 그것뿐이냐?"

"네."

아린이 고개를 끄덕이자 약선은 피식 웃었다.

'나쁜 놈은 아닌 거 같지만.'

아직 그 능구렁이 같은 놈의 속을 본 적이 없다.

70대의 눈으로 보면 15살짜리의 생각 정도는 쉽게 읽을 수 있어야 정상인데 말이다.

"그놈이 먼서 가겠다고 그러더냐?"

"네, 먼저 권해 주었습니다."

"흐음."

무슨 생각인지 이번 기회에 볼 수 있을 것만 같은 생각이 들었다.

'내가 확인한 녀석의 성향은 단 한 가지.'

절대 쓸데없는 짓은 안 한다는 것이다.

서하는 전형적인 노력형이었다.

솔직히 말해 놀랐다.

재능이 그렇게 뛰어나지 않아서 말이다.

천재들은 항상 계단을 두 개, 세 개씩 뛰어넘었다.

하나를 알려 주면 열을 안다는 말이 그냥 나온 말이 아니었다.

수많은 천재를 본 약선이었기에 서하가 천재가 아님을 확신할 수 있었다.

하지만 다른 의미로 재능이 있었다.

바로 성실함과 초연함이었다.

15살.

약관이 되지 않은 나이에 다른 아이들이 앞서 나가는 것을 본다면 조급함이 들 수밖에 없었다.

천재들의 약점은 그것이었다.

너무나도 빨리 계단을 올라가기에 모든 것을 챙겨 가지 못한다.

그저 앞으로 나아갈 뿐.

하지만 서하는 달랐다.

단 하나도 놓치는 일 없이 천천히.

하지만 절대로 쉬는 법 없이 계단을 하나씩 올라갔다.

그것이 바로 성실함과 초연함이었다.

천재들이 왜 무너지는가?

더 뛰어난 이들, 혹은 이미 정상에 있는 자들을 부러워하며 조급해하기 때문이 아니던가.

그런 의미로 서하는 재능이 있었다.

최후의 승자는 언제나 서하와 같은 인간이 되는 법이었으니까.

'그런 녀석이 편하게 수련할 수 있는 방학에 아린이네 집에 간다고? 이유가 있을 텐데⋯⋯.'

분명 다른 이유가 있다.

그렇게 확신한 약선은 입을 열었다.

"그럼 내가 허락해 주마."

"네?"

아린이가 큰 눈을 깜빡였다.

"그게 무슨⋯⋯."

"내 제자 좀 받아 달라고 말이야. 서하 그놈이 내 수제자 아니냐. 어디 보자."

약선은 빠르게 편지를 휘갈겨 썼다.


-내 제자를 보내니 내가 갈 때까지 잘 데리고 있거라. 약선 허운.-


그렇게 지장까지 찍은 약선은 아린이에게 편지를 건네며 말했다.

"이거면 충분할 것이다. 그놈도 생각이 있으면 문전박대는 못 하겠지. 내가 갈 때까지 잘 놀고 있거라."

아린은 편지를 읽어 보고는 얼른 고개를 끄덕였다.

"감사합니다. 약선님."

"감사하기는. 나도 그걸 원하는 바이다."

이번에 서하가 아린이를 따라가는 이유가 뭔지를 안다면 녀석의 성향도 정확하게 알 수 있으리라.

그리고 그렇게 되면 둘 중 하나다.

'청신에 또 다른 괴물이 있는 건지 그게 아니라면…….'

영웅이 태어난 것인지 말이다.

◆ ◈ ◆

숙소 앞 공터.

집으로 가져갈 짐을 싼 아이들은 방학에 들떠 있었다.

말이 좋아 무사들이 원하는 최고의 학관이지 이곳은 지옥이나 다름없었다.

내가 예상했던 것보다도 더 말이다.

아니, 내가 특별히 많은 일을 벌인 탓인가?

어쨌든 방학의 기쁨에 들떠 있을 때 강무성이 말했다.

"방학이 끝나면 바로 성무대전이다. 우승할 생각이 있는 놈들은 쉬지 말고 수련하거라. 그럼 몸 건강히 돌아오기를 바란다. 이상."

성무대전(星武對戰).

성무학관의 연례행사 중 하나였다.

각 학년이 승자전 형식으로 대결하고, 여기서 우승한 사람은 왕실의 만찬에 참가해 소원을 말할 수 있었다.

역대 소원들은 왕가의 무구, 관직, 영지 같은 것들로 욕심만 부리지 않는다면 원하는 그 어떤 것도 얻을 수 있었다.

어쨌든 이것도 다 방학을 무사히 보내야 생각할 수 있는 일이다.

◆ ◈ ◆

방학식이 끝나고 나는 아린이와 함께 마차를 타러 갔다.

"이걸 들고 가면 괜찮을 거래. 약선님이."

-내 제자를 보내니 내가 갈 때까지 잘 데리고 있거라. 약선 허 운.-

편지 내용은 막무가내였지만 어차피 막무가내로 밀고 들어갈 생각이었으니 상관없었다.

그나마 이거라도 있으면 아린이네 아빠를 설득하기도 더 쉽겠지.

그렇게 나는 화강(花鋼)으로 향했다.

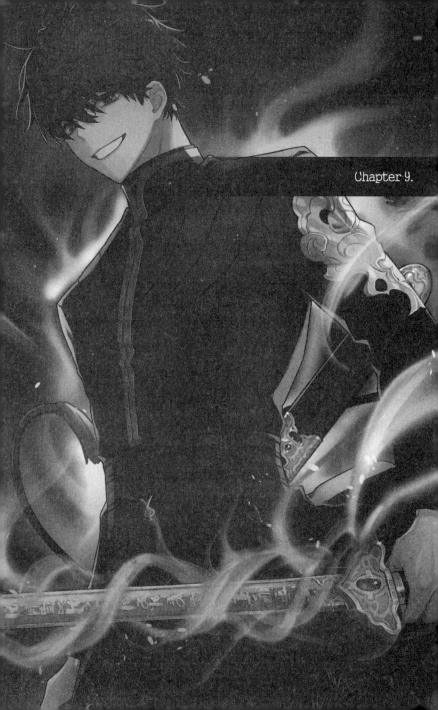

Chapter 9.

Chapter 9.

화강(花鋼).

강철 꽃이라는 지명이 붙은 이유는 특유의 지형 때문이었다.

나는 마차 밖으로 바다 한가운데 서 있는 검은 바위를 바라봤다.

마치 인간이 조각한 것처럼 세워진 바위들.

검은 바위는 마치 강철처럼 생겼고 끝부분은 마치 꽃과 같았고 이를 본 사람들이 화강(花鋼)이라는 이름을 붙였다는 것이다.

나도 예전에 본 적이 있다.

그때는 나찰의 공격으로 부서진 화강을 본 것뿐이었지만 말이다.

그때 아린이가 신이 나서 말했다.

"가까이서 보면 진짜 꽃 같아. 같이 가서 보자."

"응. 한번 보고 싶네."

여유롭게 자연이 준 절경을 보고 싶었다.


그렇게 도착한 화강은 작은 도시였다.

바닷가 도시답지 않게 차분한 도시.

마차는 동산에 위치한 화강 유 씨의 본가 앞에서 멈췄다.

"후우."

아무리 그래도 여기까지 오니 긴장이 될 수밖에 없다.

마차 밖으로 아린의 아버지, 유현성이 보였다.

"내, 내, 내가 먼저 내릴게."

뭔가 아린이가 더 긴장한 것만 같다.

식은땀까지 흘리며 마차에서 내린 아린이는 바로 허리를 숙여 인사했다.

"다녀왔습니다. 아버지."

"그래, 고생했다. 잠시 여독을 풀고 수련을 시작하거라."

"네, 그런데……."

나는 아린이가 입을 열기 전에 내렸다.

막무가내로 온 건 나였으니 어려운 말은 내가 하도록 하자.

"안녕하십니까! 아버님."

나는 최대한 밝게 인사했다.

하지만 돌아온 건 따가운 눈초리였다.

'댁 따님을 지키러 왔습니다!'라고 말할 수는 없다는 게 참으로 애석하다.

"내가 안 된다고 했을 텐데. 편지를 못 받은 것이냐?"

"그게……."

유현성이 아린이에게 물었으나 대답은 내가 대신했다.

"하하하, 제 사부님의 편지입니다. 읽어 보시죠."

나는 최대한 넉살 좋게 다가가 편지를 건넸다.

약선님의 편지를 확인한 유현성이 미간을 찌푸리더니 말했다.

"네가 약선님의 수제자가 되었다는 것이냐?"

"그렇게 되었습니다. 약선님이 오실 때까지만 신세를 좀 지도록 하겠습니다. 안 될까요?"

안 될 리가 없다.

다른 누구도 아닌 약선님의 부탁이었다.

상황을 보아하니 친분도 있는 거 같고 약선님은 아린이의 사부님이기도 했으니 저 편지를 무시할 수는 없으리라.

"약선님 부탁이라면 어쩔 수 없지. 허락하마."

"감사합니다."

여기서 문전박대당하면 어쩌나 싶었는데 그래도 첫 번째 난관은 생각보다 쉽게 넘었다.

사랑합니다. 약선님.

수업 중에 맞은 건 잊도록 하겠습니다.

나는 뒤에서 안절부절못하는 아린이에게 엄지손가락을 보여 주었다.

유현성은 작은 한숨과 함께 말했다.

"도윤이가 안내해 주도록 해라."

"네, 가주님."

유현성의 옆에 있던 30대 초반의 남자는 고압적인 얼굴로 말했다.

"나를 따라와라."

바로 하대하는 거 같지만 딱 봐도 나보다 나이는 많아 보이니 넘어가자.

나는 앞장서서 가는 도윤을 따라가기 전에 아린이에게 인사를 건넸다.

"이따 보자."

"응."

해맑게 웃는 걸 보니 기분이 절로 좋아진다.

하지만 그것과 별개로 도윤이라는 사람 또한 나를 불청객처럼 대하고 있었다.

게다가 조금은 적대하는 거 같기도 하고 말이다.

그래도 내가 더 어른이니 친근하게 인사를 건네 보자.

"안녕하세요. 저는 청신의 이서라고 합니다."

"정도윤이다. 순찰대장을 맡고 있다."

내가 청신임을 알면서도 저 태도다.

정치에 관심이 없는 화강 가문의 사람이었으니 그럴 수도 있다.

그러거나 말거나 나는 순찰대장인 정도윤이 그 누구보다 반가웠다.

안 그래도 순찰대장은 이곳 화강에 와서 가장 먼저 만나고 싶었던 사람이었으니까.

이번 사건을 준비함에 있어 나에게 부족한 것이 있다면 그 것은 정보였다.

회귀한 주제에 무슨 정보가 부족하냐고 할 수도 있겠지만, 나로서도 어쩔 수 없는 일이다.

역사서에서 남겨진 유아린 폭주 사건에 대한 내용은 몇 줄 되지 않으니까.

그저 15세의 유아린이 8월 방학에 폭주를 일으켰고, 이로 인해 화강의 시민들은 물론 가문의 무사들과 친가족까지 전 부 죽었다는 사실만이 무미건조하게 적혀 있을 뿐이었다.

왜 폭주를 일으켰는지, 누가 어떻게 일으켰는지, 그리고 정 확한 폭주 날짜가 언제인지는 나 스스로 알아내야 한다는 소 리였다.

그러기 위해서는 순찰대의 협력이 꼭 필요했다.

일단 친해져 보자.

"순찰대가 하는 일은 무엇입니까?"

"순찰이다."

그걸 몰라서 물었겠냐?

처음부터 느꼈으나 이 인간은 나를 싫어한다.

이유는 모르겠지만. 아니, 솔직히 말해 이유도 알 것만 같다.

아린이랑 친구라는 것.

그것도 남학생이 방학 때 아린이를 따라왔다는 게 마음에 안 들겠지.

'그래도 아린이가 집에서는 꽤 사랑받고 있는 건가?'

유현성의 행동을 생각한다면 그런 것도 아닌 거 같은데 말이다.

그렇게 생각할 때 즈음 손님방이 있는 곳에 도착했다.

아니, 정확하게 말하자면 손님방이 아니라 무사들의 숙소인 것만 같았다.

"화강은 특별히 손님방이라고 할 수 있는 곳이 없다. 가주님이 검소하셔서 말이야. 그렇다고 너를 안채에 둘 수는 없으니 여기라도 쓰도록 해라."

성무학관의 숙소와 비슷한 곳.

미관을 전혀 신경을 쓰지 않은 2층짜리 숙소였다.

"순찰대원들이 쓰는 곳입니까?"

"그렇다."

"그럼 좋네요."

"좋다고?"

"네, 순찰대 일을 좀 배워 보고 싶었거든요."

정도윤은 내 말에 콧방귀를 뀌며 밀했다.

"3번 방이다. 문은 열려 있으니 짐을 풀도록."

그게 안내의 끝이었다.

어차피 대단한 대접을 바란 것은 아니었다.

엄밀히 말해 순찰대원들과 같이 생활할 수 있게 되었으니 일이 잘 풀리고 있다고 볼 수 있었다.

이제 이들과 친해져야 한다.


나는 일단 짐을 풀었다.

짐이라고 해 봤자 여분의 옷과 약선님이 준 침술 교본, 그리고 학교에서 준 검이 전부였으니 정리할 것도 없었다.

"이제 오늘 치 수련을 해야겠네."

마차를 타고 오느라 밀린 수련을 해야 했다.

이동하느라 하루를 쉰 상태에서 또 반나절을 그냥 날릴 수는 없었으니까.

다행히 숙소의 뒤편에는 연무장이 있었다.

아무도 없었기에 나는 적당한 곳에 자리를 펴고 신로심법부터 시작했다.

천로(闡路)와 강로(强路)는 죽을 때까지 수련해야 하는 것이었다.

일종의 준비운동.

이 준비운동에 한 식경 정도를 투자했을 때였다.

"저기 있네. 저기."

멀리서 한 남자의 목소리가 들렸다.

일과를 마치고 돌아온 순찰대원들이었다.

저기 있다고 말하는 걸 보니 내가 와 있다는 것을 알고 온 모양이다.

여자들도 끼어 있는 것을 보면 성별 불문하고 다들 같은 숙소를 사용하는 것만 같았다.

"야야, 너 이름이 뭐야?"

한 여자가 나에게 관심을 보이며 다가왔다.

20대들만 있는 순찰대원들의 숙소에 딱 봐도 어린 내가 있으니 눈길이 갈 수밖에 없었다.

나는 벌떡 일어나 고개를 숙였다.

"안녕하십니까! 오늘부터 신세를 지게 된 청신의 이서하라고 합니다."

일단 가문명을 밝혔다.

저들의 반응은 어떨까?

보통 수도의 젊은 무사들이라면 잘 보이려고 난리를 칠 것이었다.

그렇다면 일이 편해지겠지만 일은 그렇게 쉽게 풀리지 않는 법이다.

내가 인사하자 덩치 큰 남자가 다가와 말했다.

"반갑다. 나는 1조 조장 오준범이다. 도련님한테는 미안하지만 여긴 일하지 않는 자 밥도 먹지 말라는 방침이라 말이야. 청소든 요리든 할 줄 아는 건 있냐?"

다짜고짜 일이라니.

전혀 잘 보일 생각이 없어 보이는 오준범이었다.

하지만 차라리 잘됐다.

안 그래도 순찰대에 끼워 달라고 말할 생각이었는데 저렇게 나와 준다면 나야 고맙다.

나는 바로 말했다.

"순찰대 일을 하고 싶습니다."

"뭐?"

"순찰대 일을 해 보는 게 꿈이었습니다. 받아 주시면 감사하겠습니다."

"……지금 순찰대 일을 하고 싶다고 했냐? 이 일이 장난 같아 보이냐?"

"아뇨. 힘든 일이라는 걸 압니다."

순찰대 일은 쉽지 않다.

그저 2명씩 짝을 지어 매일매일 도시를 둘러보는 것뿐이라고도 할 수 있었으나 이들이야말로 평생을 전쟁터에 사는 셈이었다.

언제 침입자 혹은 범죄자가 나타날지 모르기 때문이다.

만약에라도 침입자가 들어온다면 가장 먼저 목숨을 걸고 싸워야 하는 것이 이들이었다.

언제나 사건이 벌어지면 목숨을 내놓을 사람들.

그리고 이를 사전에 막아 내고 위험을 알려야 하는 것이 바로 순찰대다.

"힘든 일인 걸 안다고?"

준범은 피식 웃고는 나에게 말했다.

"좋아. 네가 말한 거니까 시험을 해 보자."

"조장. 얘 그냥 애야. 뭔 시험이야. 장작이나 패라고 해."

"그냥 애는 무슨. 성무학관에 합격한 애지. 그리고 청신이면 이번 수석 아니야? 우리 아가씨 제치고."

여자는 고개를 끄덕였다.

"오, 맞아. 그랬었지. 그리고 성무학관 애들은 하급 무사급이라던데."

"그러니까 말이야. 이지현. 네가 시험 봐 줘라."

"내가? 방식은?"

"네 마음대로."

"진짜 내 마음대로 한다?"

이지현은 재밌겠다는 듯 미소를 지었다.

도대체 뭘 하려고 저러는 걸까?

이지현은 내 앞으로 걸어와 말했다.

"좋아. 그럼 술래잡기하자."

"술래잡기요?"

"응. 순찰대에게 가장 필요한 덕목이 뭐라고 생각해?"

"빠른 발과 상황 판단력이겠죠."

"오…… 정답."

이지현은 놀란 듯 말했다.

놀랄 거 없다.

하급 무사 초기에는 나도 수도 순찰대였다.

그러니 그걸 모를 리가 있나.

순찰대의 기본 임무는 치안 유지였다.

빠른 발은 잡범들을 잡는 데 필요한 것이었고 상황 판단력은 지원을 불러야 할지, 스스로 해결할지를 판단할 때 필요하다.

"그러니까 술래잡기가 딱이지. 날 잡아서 체포하면 시험 통과야."

"그냥 잡기만 하면 됩니까?"

"잡아서 제압해야지. 체포라고 했잖아."

그러자 오준범이 낄낄거렸다.

어느새 구경꾼들이 몰려들었다.

"야, 이지현. 무슨 애가 널 제압하냐? 그냥 손만 대면 통과 시켜 줘."

"조장. 그런 식으로는 우리 화강의 치안이 무너지지. 절대 안 돼."

"아이고, 애 한 명 임시로 들인다고 치안이 무너지겠냐?"

"난 한 번 해도 제대로 해. 맡겨 놓았으면 가만히 좀 있어."

"크크크. 알았다, 알았어."

날 어지간히도 놀리고 싶은가 보다.

상식적으로 15살이 무사 시험을 통과한 순찰대를 제압한다는 건 말이 되지 않는다.

아마도 아슬아슬하게 피해 다니며 나를 놀릴 생각이겠지.

이해가 안 되는 것은 아니다.

실력도 없이 까부는 어린 애들에게는 현실을 보어 주는 것이 가장 좋은 방법이었으니까.

하지만 너무 얕봤다.

이지현은 의기양양하게 말했다.

"그래도 이 연무장 안에서만 도망칠 거야. 제한 시간은 일각. 저기 모래시계가 딱 일각이야."

나는 모래시계를 바라봤다.

오준범이 시작하자마자 뒤집을 채비를 하고 있었다.

"그럼 소리 내서 다섯을 세고 날 쫓으면 돼. 그럼 시작!"

이지현의 외침에 모래시계가 돌아가고 나는 천천히 숫자를 셌다.

나중에 다른 말을 못 하게 최대한 천천히.

"하나…… 둘…… 셋……."

"꼴에 자존심은 있다고 느리게 세네."

"야야, 언제 포기할지 내기하자."

"그대로 성무학관인데 끝까지 시도는 하겠죠."

"난 금방 포기한다는 것에 건다. 저런 애들은 지금까지 좌절을 맛본 적이 없어서 바로 포기한다고."

"하긴, 도련님들이 그렇긴 하죠."

다 들린다 이것들아.

그렇게 초읽기가 끝났다.

"다섯."

"이제야 다 셌어?"

역시 이지현은 나를 조롱할 생각인지 얼마 거리를 벌리지 않았다.

나는 작게 숨을 내쉬고 말했다.

"방심했다고 변명하지 마세요."

"성무학관에서는 허세 같은 것도 배우나……?!"

나는 바로 이지현의 앞으로 돌진했다.

방법은 간단하다.

다리에 내공을 집중한 뒤 공시대보(攻時待步)로 거리를 좁힌 것이다.

이 시대 최강인 할아버지가 만든 보법이다.

변방의 순찰대원들이 본 적 없는 신기술이란 거지.

이지현은 예상하지 못한 듯 당황했다.

정식 순찰대원이 15살한테 제압당하면 평생 놀림당하겠지만 나도 봐줄 생각은 없었다.

'가장 기본적인 제압술로!'

나는 뒤로 물러나는 이지현의 한쪽 다리를 들어 올렸다.

"이런……!"

이지현이 비틀거렸고 나는 그 찰나를 놓치지 않고 팔을 잡아 꺾으며 넘어트렸다.

이지현은 앞으로 넘어졌고 무릎으로 얼굴을 누르는 것으로 마무리.

정석적인 체포술.

날 가르쳤던 교관님이 보았다면 칭찬해 주지 않았을까?

"야아아아아! 아파! 아프다고!"

감상에 젖은 사이 힘이 들어간 모양이다.

나는 관절기를 풀어 주며 오준범에게 말했다.

"이러면 됩니까, 조장님?"

"……."

오준범과 순찰대원들의 표정이 아주 볼만했다.

"야! 한 번 더 해!"

"방심했다는 변명은 안 된다고 했습니다."

이지현은 머리를 헝클어트리며 외쳤다.

"시험은 통과라고 해 줄게. 한 번만 더 해. 이번에는 내가 잡는다. 죽었어. 진짜."

승부욕이 꽤 강한 사람이다.

원한다면 못 해 줄 것도 없었다.

"그만해라, 지현아. 추하다."

"조장! 이대로 끝나면 자존심 상해서 나 오늘 잠 못 자."

"이대로 끝낼 생각 없다."

오준범은 팔짱을 끼며 말을 이어 갔다.

"순찰대에게 필요한 것은 하나 더 있다. 강인한 정신력. 그 어떤 일이 일어나도 당황하지 않고 무너지지 않는 그런 정신력이 필요하지."

그러자 옆에 앉아 있던 대원 중 하나가 말했다.

"……조장. 추해요."

"닥쳐 인마."

슬슬 내부에서도 의견이 갈리기 시작했다.

딱 봐도 이지현은 오준범 조의 2인자였다.

그런 그녀를 쉽게 제압한 나의 실력을 인정하는 분위기다.

하지만 오준범은 꿋꿋하게 말을 이어 갔다.

"이 정신력 시험만 통과한다면 내가 책임지고 너를 내 조에 넣어 주마."

"정신력 시험이라면 뭘 해야 하는 겁니까?"

"단순하다. 야, 술 가져와."

술?

저런 일차원적인 방법이었다니.

"애인데요?"

"15살부터는 마실 수 있잖아."

법적으로 15살부터는 술을 마실 수 있다지만, 이제 막 제한 연령을 넘긴 나한테 술로 시험을 보다니.

저 녀석······.

엄청 좋은 녀석이잖아?

술은 나의 친구였다.

동료들이 전부 죽고 혼자 남았을 때 나의 외로움을 풀어준 것은 바로 이 술뿐이었다.

모두가 죽고 나는 산속에 틀어박혀 술만 마시며 살았다.

술을 구하는 건 쉬웠다.

나찰도 술을 마셨으니 그들의 것을 조금씩 훔치면 됐다.

오준범은 술 3말을 가져왔다.

군침이 돈다.

하지만 최대한 평정심을 유지하자.

나는 술을 입에 대 본 적도 없는 15살이니까.

"······아이, 술이라니. 그런 건 마셔 본 적이 없는데."

일단 약한 척.

하지만 내 몸은 뭐에 홀린 듯 술통으로 향하고 있었다.

냄새가 너무 좋다.

이게 말로만 듣던 화강의 꽃주인가.

"크크크. 자, 그럼 한 잔 받아라."

적당한 그릇에 술이 퍼졌다.

투명한 술을 바라보던 나는 애써 표정 관리를 하며 말했다.

"한 잔만 먹으면 되는 겁니까?"

"그럴 리가. 내가 그만 마시라고 할 때까지다."

"아이, 그럼 안 되는데……."

일단 맛만 좀 보자.

꽃향기가 그윽하게 나면서 달콤함과 쌉쌀함이 환상적인 조화를 이루고 있다.

역시 화강의 꽃주.

'그냥 음료수네.'

그냥 쓰기만 한 나찰의 불주와는 차원이 다른 예술의 맛이었다.

"잘 마시네. 바로 한 잔 더 간다."

"네. 조장님."

"아직 조장 아니다."

저녁에 아린이랑 수련해야 하는데…….

모르겠다.

일단 마시고 생각하자.

◆ ◆ ◆

저녁 시간이 다가오면서 정도윤은 서하를 부르러 이동했다.

아무리 초대받지 못한 손님이라도 아린의 친구였으니 저녁에는 초대해 준 것이었다.

'신고식은 잘 치러졌으려나?'

부하들에게는 도련님 신고식 좀 치르라고 말을 해 놓은 상태였다.

어디서 돼먹지 못한 놈이 아가씨한테 수작을 부리는 것이라면 그게 청신이든 왕자님이든 반쯤 죽여 놓을 생각이었다.

'내일 떠난다는 거 아닌지 몰라.'

거친 순찰대 사이에 있으면 양반집 도련님들은 위축되기 마련이었다.

게다가 가장 실력이 좋은 1조를 보내 놨으니 지금쯤 완전기가 죽어 어디 구석에서 울고 있지 않을까.

그렇게 생각하며 도착한 숙소.

밖에서부터 시끌벅적한 소리가 들려왔다.

"하하하하하! 그것밖에 못 마십니까?"

익숙하지 않은 목소리.

정도윤은 고개를 갸웃하며 연무장 안쪽으로 들어갔다.

그곳에서는 상상도 못 한 광경이 펼쳐지고 있었다.

낮술을 하고 뻗은 1조와 홀로 꽃주를 퍼마시고 있는 이서하였다.

"……이게 무슨 일이냐?"

"아! 대장님. 오셨습니까?"

이서하가 벌떡 일어나 고개를 숙이며 말을 이어 갔다.

"오늘부터 1조에 들어가게 된 이서하라고 합니다. 잘 부탁합니다."

"……."

정도윤은 멀쩡한 얼굴로 술을 마시는 15살짜리 꼬마를 바라볼 수밖에 없었다.


◆ ◈ ◆


술은 술을 부른다.

한 잔만 마셔야지 하면 두 잔도 괜찮지 않나 싶고, 두 잔을 마시면 석 잔을 채우고 싶고, 그러다 보면 한 말을 마시게 되는 거다.

석 잔에서 왜 말(18L)로 가냐고?

묻지 마라.

원래 술이란 그런 거다.

"자, 조장님도 한 잔 드시죠."

"아이씨! 조장 아니라니까 진짜……."

슬슬 조장의 상체가 흔들리기 시작했다.

저건 취했다는 증거다.

이지현은 옆에서 배를 긁적이며 자고 있었고 다른 1조 대원들도 이미 뻗은 상태였다.

"아직 가져온 것도 다 안 마셨는데."

고작 꽃주에 쓰러지는 꼴이라니.

난 처음부터 술을 잘 마시는 체질이었다.

거기다가 만년하수오를 먹은 덕분에 약한 독은 바로바로 해독되어 꽃주 정도는 물이나 다름없었다.

그래도 기분은 딱 좋다.

"근데 이거 중독성 있네. 조장님도 다시 한 잔 드시죠. 안주가 또 없나?"

"아이씨. 네가 이겼다. 이 새끼야."

쿵!

그 말을 끝으로 오준범까지 쓰러졌고 나는 그에게 건넸던 잔을 마셔 없앴다.

"……이게 무슨 일이냐?"

정도윤이었다.

이제부터는 나에게도 대장님이었으니 깍듯하게 대해 주자.

"아! 대장님. 오셨습니까? 오늘부터 1조에 들어가게 된 이서하라고 합니다. 잘 부탁합니다."

"……."

정도윤은 이해할 수 없다는 듯 나를 바라보다 이내 한숨을 내쉬었다.

"이 등신들⋯⋯."

"동감입니다."

"뭐?"

정도윤은 나를 노려보았다.

왜? 지가 먼저 말해 놓고.

그리고 등신들은 맞지 않는가?

15살짜리한테 제압당하고, 술로도 졌으니 말이다.

"하하하, 근데 여긴 무슨 일이십니까?"

"가주님께서 저녁 식사에 초대하셨다. 따라와라."

"여기 이 사람들은 여기다 두고 갑니까? 모기 엄청나게 물릴 텐데요."

"물려 죽었으면 좋겠군."

정도윤이 날카로운 걸 보니 내심 내가 당하기를 기대했었나 보다.

덕분에 순찰대에 안착했으니 한동안 대장 대접은 해 줘야겠다.

"같이 가요. 대장님!"

이럴 때는 어린아이인 것이 편하다.

눈치 없어 보여도 상관이 없으니까.

저녁 식사는 단출했다.

아린이는 자기 아빠의 눈치를 보며 나에게 말을 걸 기회를 잡고 있다가 입을 열었다.

"숙소는 어디……."

"술 냄새가 나는구나."

유현성이 말을 가로채자 아린이는 시무룩하게 입을 닫았다.

술 냄새는 어쩔 수 없는 거 아닌가.

세 말(54L)을 20명이서 마셨는데 냄새가 안 날 수 있나.

물론 절반은 내가 마셨지만.

"순찰대 여러분이 환영주를 주셔서요. 괜찮습니다. 만년하수오를 먹었더니 취하지도 않네요."

"그걸 네가 먹었었구나. 그래, 네 실력이 그런 것도 이해가 좀 되는군."

"알고 계셨습니까?"

"경매장에서 판 청자 안에 만년하수오가 있었다는 걸 들었다. 그걸 사 간 게 전 근위대장님이라는 것도 말이야. 너의 내력이 그토록 강대한 이유를 알겠구나."

뭔가 말하고 싶은 게 있어 보이는 눈초리였다.

그게 아니라면 굳이 나를 저녁 식사에 초대했을까.

아니나 다를까 유현성이 말을 이어 갔다.

"아린이의 상태를 확인해 보았다. 많이 좋아졌더구나. 특히나 기를 다루는 실력은 전과 비교할 수 없을 정도였다."

"그렇다면 다행이네요."

"아린이 말을 들어 보니 네가 밤마다 음기를 빼 주고 새로운 심법을 가르쳐 준다고 들었다. 그걸 내가 오늘 보아도 되겠느냐?"

"당연히 가능합니다."

안 될 거 없다.

아버지 입장에서 딸이 무엇을 배우고 있는지 정확하게 알아야 하는 것도 맞으니 말이다.

"그럼 오늘 밤에 보시겠습니까?"

"취했는데 괜찮겠느냐?"

"만년하수오가 다 해독해 줬습니다. 이제 취기도 없네요."

"그래, 그럼 오늘 보도록 하지."

식사가 끝나고 나는 안채의 뒷마당에서 항상 하던 대로 아린이의 음기를 받았다.

그 이후에는 아린이의 몸을 대상으로 천로(闡路)를 사용했다.

3개월 전.

아린이의 폭주 이후 매일같이 나는 나의 기로 아린이의 몸을 밝혔다.

이제 그녀의 의식이 날아가더라도 강제로 기를 가져올 정도가 되었으나 계속하지 않으면 다시 닫히기 때문에 꾸준히 해 줄 필요가 있었다.

걸리는 시간은 약 일각 정도.

천로를 마치자 가만히 보고 있던 유현성이 물었다.

"지금 한 것은 무엇이냐?"

"제 기로 아린이의 기맥을 살핀 것입니다."

"이유는?"

"그래야 폭주해 의식을 잃어도 제가 아린이의 음기를 받아 갈 수 있습니다."

"그럼 너는 어떻게 살아남지? 음기를 가져가면 네가 폭주할 텐데."

"저는 음기를 양기로 바꾸는 법을 압니다."

"그런 무공도 있나?"

"저만의 무공이라고 해 두죠."

"그래, 그런 원리였나……."

유현성은 턱을 쓰다듬었다.

마음에 들지 않은 눈치였다.

뭔가 내가 놓치고 있는 것이 아닐까라는 생각이 들기 시작했다.

"무슨 문제라도 있습니까? 제가 나쁜 짓을 할 거라는 걱정은 안 하셔도 됩니다. 이건 지극히 만약을 대비한……."

"그건 걱정하지 않는다. 그런 놈으로는 보이지 않으니까. 네가 만약 나쁜 마음을 품었다면 약선님이 그런 편지를 적어주시지 않았겠지."

의외로 나를 좋게 봐주는 유현성이었다.

"그런데 뭐가 걱정이십니까?"

"잠깐 나를 따라와라. 아린이는 혼자 수련하고 있거라."

아린이는 나를 걱정스럽게 바라보고 있었다.

"아버님이랑 잘 얘기하고 올게."

아린이를 뒤로하고 향한 곳은 유현성의 서재였다.

수많은 죽간이 쌓여 있는 서재.

유현성은 자리를 권하며 말했다.

"지금부터 하는 얘기는 너를 위해서 하는 이야기이기도 하다. 그러니 기분 나쁘게 듣지는 않았으면 좋겠구나."

"네. 그러겠습니다."

"이제 아린이랑 아는 척을 하지 말거라."

"······."

갑자기?

아직 아린이의 폭주 사건은 일어나지 않았다.

적어도 나는 이번 방학이 무사히 지나갈 때까지는 아린이와 딱 달라붙어 있어야만 한다.

이대로 물러날 수는 없었다.

"이유를 알 수 있을까요?"

"네가 비밀을 지킬 수 있을지 모르니 전부 말해 줄 수는 없다."

"지킬 수 있다고 말해도 믿지는 않으시겠죠."

꼭 비밀을 지켜 주겠다는 단순한 말보다 더 강한 의지를 보여야 했다.

"그렇다면 저는 아린이를 떠나지 않겠습니다."

"어째서지?"

"백두검귀가 습격했을 때를 기억하십니까?"

"그렇다."

"그건 아린이를 노린 것이었습니다."

거짓말을 섞어 주자.

백두검귀가 나를 노렸었다는 건 나와 아린이밖에 모르는 사실이었다.

아린이는 자기 아빠랑 대화하는 것을 어려워했으니 이런 사실까지 다 말했을 리 없었다.

내 생각대로 유현성은 이에 반응했다.

"뭐라고?"

"저는 보지도 않고 아린이만 노리더군요. 아무래도 아린이의 체질을 아는 거 같았습니다. 아린이를 폭주시키는 것이 목적인 듯 보였습니다."

내 말에 유현성은 생각에 잠겼다.

계속 설득하자.

"그래서 저는 아린이를 지키기 위해 무례를 무릅쓰고 이곳에 온 것입니다. 절대로 그냥 돌아가지 않을 생각입니다."

"그렇군. 경고해 준 건 고맙다."

유현성은 고개를 끄덕였다.

"하지만 네가 무슨 도움이 되겠느냐?"

"전 백두검귀를……."

"네가 아니라 아린이가 이겼겠지. 폭주했었으니까."

아니, 내가 죽인 거 맞는데.

하지만 당당하게 말할 수는 없었다.

어쨌든 아린이가 시간을 벌어 줬고 아린이의 음기를 받아서 이긴 거니까.

하지만 나는 물러설 생각이 없었다.

"폭주한 아린이의 음기를 흡수한 뒤 백두검귀를 죽인 건 저였습니다. 그리고 만약 아린이가 폭주하면 그걸 진정시킬 사람이 필요하지 않습니까?"

이번 삶에서는 단 하나도 실패할 수 없었다.

아니, 적어도 이건 실패할 수 없다.

내 말을 들은 유현성은 머리가 지끈거리는지 한숨과 함께 말했다.

"그래, 그렇게까지 말한다면 아린이의 체질에 대해 말해 주마. 놀라지 말거라."

유현성은 고민의 고민을 거듭했다.

아무리 심각한 병이어도, 특이한 체질이어도 난 놀라지 않을 자신이 있었다.

180년 동안 세상을 돌며 얼마나 특이한 것을 많이 봐 왔던가.

그런 나에게 처음 있는 일은 있을 수 없다.

이윽고 유현성이 입을 열었다.

"아린이는 나찰이다."

"……네?"

와씨, 깜짝아.

"아린이가 나찰이라고요? 그게 무슨 말도 안 되는……."

유현성은 어이없다는 듯 웃는 나를 가만히 바라봤다.

아니, 말은 된다.

아린이는 음양의 기운이 무너진 상태였다.

양기는 몰라도 음기가 많은 종족은 단 하나다.

바로 나찰.

"이제 좀 현실이 파악되느냐?"

"……나찰이면 가주님 딸이 아닌 겁니까?"

"내 딸은 맞다. 정확히는 반만 나찰이라고 할 수 있지. 아니, 반도 아닌가."

유현성은 한숨을 내쉬었다.

"과거 나찰과 인간의 대전쟁 때 사랑에 빠진 이들이 있었다. 나찰의 여성과 인간 무사는 도망쳐 사랑을 나누었지. 나찰과 인간은 비슷하게 생겼고 말도 통하니 이런 일이 꽤 있었다고 한다."

"하지만 자식은 낳을 수 없죠."

"그렇다고 알려졌지. 하지만 한 아이가 태어났다. 그 나찰과 인간 사이에서 태어난 아이의 후손이 바로 내 아내, 지연우였다."

유현성의 부인이자 아린이의 엄마.

지연우.

그녀 또한 나찰의 피를 이은 인간이었다.

유현성은 쓸쓸한 눈으로 말을 이어 갔다.

"아내랑은 20살, 임무에서 만났다. 강하고, 멋있고, 누구보다 아름다웠다. 한눈에 반했지."

아린이를 본다면 그녀의 어머니도 숨 막히게 아름다웠을 것임을 예상할 수 있었다.

"거절하는 그녀에게 다가가 사귀자고 했다. 하지만 한 임무에서 그녀는 폭주했고 나는 죽을 뻔했지. 하지만 그래도 좋았어. 다시 폭주만 안 하면 된다고 생각했으니까. 약선님도 도와주셨고. 절대로 폭주하지 않으리라 여겼다."

"……폭주하신 겁니까?"

"그래."

유현성은 한참을 머뭇거리다 말했다.

"그래서 내가 죽였다."

"죽이셨다고요?"

"그런 약속이었다. 만약 폭주를 멈출 수 없다면 이성을 완전히 잃어 학살을 일으키기 전에 내가 죽여 주기로."

모든 일이 생각대로 잘 풀리지는 않는 법이었다.

하지만 사람들은 뻔한 미래를 못 본 척. 나만은 괜찮을 거라는 낙관으로 살아간다.

필연적 비극을 모르는 척하면서.

유현성이 그러했고.

회귀 전 내가 그러했다.

유현성은 허탈하게 웃으며 말을 이어 갔다.

"그런데 이번에는 아린이가 은빛으로 빛나더군."

아린이도 나찰의 피를 이어받은 것이었다.

"그때부터 매일매일 강도 높은 수련을 시켰어. 하루도 쉬라는 말을 할 수 없었어. 아린이가 가진 음기는 매년 2배씩 늘어나고 이를 억누르기 위해서는 20대에 선인이, 30대에는 무신이 되어야 한다. 그래야 음기를 억누를 수 있으니까. 그리고 40에는……."

유현성은 잠시 뜸을 들이다가 말했다.

"자살해야겠지. 이 땅의 모든 무사가 달려들어도 아린이를 죽일 수 없을 테니까."

아린이가 같은 15살짜리 아이들보다 월등한 실력을 갖춘 이유는 5살 때부터 한시도 쉬지 않고 수련했기 때문이었다.

거기에 저절로 늘어나는 내공까지.

다른 의미로도 아린이는 천재(天災)였다.

"감당할 수 없다면 지금 손을 떼라. 아린이에게는 너랑 놀며 낭비할 시간이 없다."

"음기만 방출할 수 있다면 괜찮지 않겠습니까?"

"방출하기 위해 억누르던 음기를 푸는 순간 미치겠지. 지금이야 괜찮더라도 장기적인 방법은 될 수 없어."

"그럼 제가 다 흡수해 버리면 됩니다."

"매년 2배다. 네가 그 속도를 따라갈 수 있겠느냐?"

"……."

거듭제곱 되는 숫자는 인간의 힘으로 막을 수 없을 정도로 불어나기 마련이었다.

쉽게 말해 아린이는 1년 안에 평생 성장한 최대치만큼 성장을 이뤄야만 한다.

그것도 한 해가 아닌 매년마다.

그런 아린이의 음기를 받아 주려면 나 역시 그래야만 한다.

10대에는 가능하겠지.

하지만 30살이 넘어 평생 성장한 만큼 1년 안에 성장하라고 한다면 누가 가능할까?

그건 불가능하다.

"아린이에게 평범할 수 있을 거란 희망을 주지 말거라. 그것이 내가 내 아내에게 저지른 실수니까."

평범하지 못한 사람들에게 평범함이라는 희망을 준 것이었다.

높게 날아오를수록 추락할 때의 아픔은 더 큰 법이다.

"후회하시는 겁니까?"

"……없다고 하면 거짓말이겠지."

유현성은 깊은 한숨과 함께 말했다.

"끝까지 책임질 수 없다면 조용히 있다가 떠나거라."

그 말을 끝으로 유현성은 자리에서 일어나 밖으로 나갔다.

그가 사라진 뒤 나는 서재의 죽간들을 하나씩 꺼내 보았다.

역사, 의학은 물론 서역의 주술까지.

모든 것이 아린이의 체질을 어떻게든 바꿔 보려던 흔적들이었다.

죽간을 제자리에 놓고 생각한다.

"복잡하게 생각하지 말자."

미래는 복잡하고 현재는 단순하다.

내가 살아야 하는 곳은 현재다.

"이 일부터 제대로 끝내자."

그 어떤 것도 변하지 않았다.

◆ ◈ ◆

이주원은 북쪽 숲을 걷고 있었다.

아직 마수가 많아 인적이 없는 숲길.

간혹 가다 정찰대가 나와 상황을 살피고 갈 뿐인 이 숲에 그가 만나야 할 네르갈이 있었다.

"꽤 깊게 있군요."

이주원의 옆에는 한 여자가 호위로 붙어 있었나.

딱 달라붙는 검은 바지와 검은 윗도리. 거기에 분홍색 저고리를 입고 있었으며 머리는 비녀로 올려 깔끔하게 정리했다.

미인상의 얼굴이었으나 오른쪽 눈 위로는 화상이 있었고 볼과 코, 그리고 왼쪽 눈에는 무언가에 긁힌 흉터가 가득했다.

"나찰이니까. 인간들 눈 피해 살아야지."

인간이 늑대 무리라면 나찰은 호랑이와 같았다.

나찰은 인간처럼 타 무리와 연합하지 않고 오직 자신들의 혈족만 챙겼다.

인간들은 이를 철저하게 파고들어 나찰을 각개 격파했다.

마수를 부리는 능력과 압도적인 힘을 가지고 있음에도 나찰이 인간에게 패배한 이유였다.

"키아아아아악!"

어느 정도 숲에 들어가자 마수들이 달려들기 시작했다.

대겸충(大鎌蟲).

거대한 낫 곤충.

125

쉽게 말해 사마귀였다.

크기가 8척이라는 것만 빼면 말이다.

"거의 다 왔나 보네."

이주원이 나풀거리는 소매에 손을 넣자 옆에 있던 여자가 달려 나가 대겸충의 목을 베었다.

그때 한 남자가 숲속에서 걸어 나오며 말했다.

"마중 나온 놈을 그렇게 죽이면 쓰나?"

그의 옆으로는 대겸충 5마리가 호위하듯 함께하고 있었다.

6척은 족히 되어 보이는 큰 키에 근육질 몸매.

긴 은발 머리에 이마의 양 끝에는 뿔이 돋아나 있었으면 그중 하나는 부러진 상태였다.

네르갈.

이주원은 미소와 함께 말했다.

"제가 담이 작아서 말입니다. 선생님이 보낸 서한입니다."

서한을 받아 본 네르갈은 작은 초상화를 꺼냈다.

유아린이 그려진 초상화.

"이게 이번 목표인가?"

"네, 나찰의 피를 이어받은 아가씨입니다."

"어리네."

네르갈이 씁쓸한 표정을 짓자 이주원은 의아한 표정을 지었다.

왜 저럴까?

나찰은 인간을 증오한다.

모든 나찰의 목표가 인간을 멸종시키는 것이라고 말할 수 있을 정도로 이들의 증오는 한도 끝도 없다.

"내 딸이 말이야. 딱 이 정도 나이였거든."

"그렇습니까?"

"응. 딱 이 정도 나이일 때 인간들한테 사냥당했어. 머리를 잘라 대문에 걸어 놨더군."

이주원은 표정을 굳혔다.

네르갈의 살기에 오금이 저릴 정도였다.

하지만 그것마저 재밌었다.

이주원은 빙긋 웃으며 말했다.

"그런 나쁜 놈들을 다 죽여야 하지 않겠습니까? 저희와 함께하면 목표를 이루실 수 있을 겁니다."

"그래. 그렇지. 그리고 선생한테는 빚이 있어."

네르갈은 초상화를 주머니에 넣으며 말했다.

"그러니까 선생 옆에 딱 붙어 있어. 그럼 적어도 내 손에는 안 죽을 테니까."

네르갈은 이주원의 어깨를 두드리고는 앞으로 걸어갔다.

그가 적당히 멀어지고 이주원은 옆에 있는 여자에게 말했다.

"가은아. 저거 이길 수 있겠냐?"

"못 이깁니다."

"그럼 어떻게 하면 이기겠느냐?"

"선인 셋은 있어야 하지 않을까요?"

"재밌네."

이주원은 빙긋 웃으며 말했다.

"그럼 우리도 불구경하러 가자꾸나."

곧 강철 꽃에 불이 붙을 테니까.

순찰대에는 비상이 걸렸다.

4개의 순찰조가 모두 교대 없이 곳곳을 감시해야만 했고
이는 아린이가 성무학관으로 돌아갈 때까지 유지되었다.

그리고 그 사이에는 나도 있었다.

"몸 좀 녹이시죠."

나는 오준범에게 꽃주를 건넸다.

"그거 꼴도 보기도 싫다. 아우, 어제 얼마나 처마신 건지
아직도 머리가 아프네."

"고작 꽃주 마시고 엄살은. 그건 그냥 물처럼 마시는 거 아
니겠습니까? 하하하!"

"너 15살 맞냐? 지현이도 그렇게 한 번에 제압하고."

그러자 옆에 있던 이지현이 질색하며 말했다.

"아! 조장! 쪽팔리니까 그 말 좀 하지 마. 아우 쪽팔려. 어우!"

"방심해서 그런 거겠죠. 누님도 화 푸세요."

"그래, 방심해서 그런 거다. 너 그거 자랑하고 다니지 마라."

다행히도 순찰대원들은 깔끔하게 패배를 인정하고 나를 순찰대에 받아 주었다.

안 받아 줬어도 끝까지 따라붙을 생각이었지만 말이다.


화강의 순찰 방식은 전통적인 봉화 방식이었다.

도시는 총 20개의 구역으로 나누어져 있으며 이를 2인 1조로 순찰대가 맡아 보호한다.

만약 2명이서 해결하지 못할 정도의 일이 생긴다면 바로 봉화를 피워 위험을 알리고 대응하는 것이었다.

나는 임시 단원이었기에 조장인 오준범의 조에 꼽사리 끼게 되었다.

"그런데 말이죠. 이 봉화를 한눈에 전부 볼 수 있는 곳이 있을까요?"

"한눈에 전부? 그거 중앙 봉화에서 보일걸?"

오준범이 말하는 중앙 봉화는 도시 한가운데에 있는 높은 탑이었다.

도시는 높낮이가 있었으며 2, 3층짜리 건물에 가려 봉화가 잘 보이지 않는 곳도 있었다.

이러한 문제를 해결하기 위해 중앙 봉화를 세운 것이다.

어디서든 봉화를 보고 대응할 수 있도록 말이다.

"그러면 중앙 봉화는 어떻게 들어갑니까?"

"그냥 자원하면 돼. 거기 가고 싶어 하는 사람 한 명도 없거든. 일이 고돼."

"제가 갈래요."

오준범은 이해할 수 없다는 듯 나를 바라봤다.

"탑 위에서 똥 싸고 오줌 싸고 다 해야 하는데? 넌 다른 애들과 좀 다른 거 같다만 청신 도련님을 그렇게 다룰 수는 없지."

평범한 도련님이라면 그렇겠지.

하지만 나는 동굴에서 똥으로 그림도 그렸던 사람이다.

"술도 그렇게 권했으면서 인제 와서 그게 뭔 소리입니까? 저 올라가게 해 주세요."

"어렵지는 않다만…… 그래, 뭐 힘들면 언제든 말해라. 내가 대타 해 줄게."

"감사합니다. 조장님."

"지현아, 다음 중앙 봉화 담당 누구였지? 가서 다음 차례 서하가 한다고 해."

"좋아 죽겠네, 그놈. 알겠어. 내가 말하고 올게."

"서하 너는 올라갈 때 먹을 거랑 따뜻하게 입을 거 가져가."

"그럼 짐 챙겨 오겠습니다."

아무리 여름이라도 바닷가, 밤, 그리고 높은 곳이라는 세 가지 요소가 합쳐지면 쉽게 볼 수 없었다.

숙소로 돌아온 나는 짐을 챙겼다.

이불, 갈아입을 옷과 먹을 음식들까지 챙기다 보니 짐이 좀 커졌다.

"모자란 것보다는 남는 게 낫지."

봉화에서 내려왔을 때 일이 터지면 대응 속도가 느려지니 말이다.

그렇게 짐을 챙겨 나올 때였다.

아린이가 놀란 얼굴로 나를 바라보았다.

"……어디 가?"

"아, 조금 다녀올 데가 있어서."

지금부터 중앙 봉화에서 먹고 자고 할 거라고 말하면 왜 그러냐고 물어볼 것이었다.

그걸 어떻게 설명하겠냐?

너를 노리는 사람이 쳐들어올 수도 있어서 내가 봉화에 올라갈 생각이라는 것을.

"내가 알려 준 거 수련하고 있어. 금방 올게."

이번 위기만 넘긴다면 은월단도 다시 시도하기 힘들 것이다.

나는 그렇게 봉화로 향했다.

◆ ◈ ◆

　뒤에 남은 유아린은 급하게 떠나는 서하를 보며 작게 중얼거렸다.

　"바닷가 가자고 하려 했는데……."

　그래도 곧 온다고 했으니 기다리면 될 일이었다.

　하지만 지금까지 그랬던가?

　저렇게 웃으며 떠나간 친구들이 얼마나 많았던가.

　순간 어제 서하가 아빠와 대화를 나눴다는 사실이 떠올랐다.

　"오겠지. 올 거야."

　서하는 달랐다.

　아버지도 인정할 정도의 실력자였으니까.

　날 버리지 않을 것이다.

　이번에는 괜찮을 거다.

　그렇게 생각하고 싶었다.

　유아린은 서하가 떠난 곳을 바라보다 아쉬움을 뒤로하고 무거운 발걸음을 옮겼다.

◆ ◈ ◆

　"저놈 안 내려오네."

오준범은 중앙 봉화를 올려다보며 말했다.

서하가 봉화에 올라간 지 벌써 3일.

중간중간 살아 있나 확인할 겸 음식을 가져다주긴 했으나 그 녀석은 3일째 단 한 번도 교대를 요청하지 않았다.

밤이 깊어지며 바람이 불기 시작했기에 걱정될 수밖에 없었다.

이지현은 조장의 표정을 읽고는 말했다.

"요즘 보기 드문 진짜네. 순찰대 그냥 하겠다고 한 건 아닌가 봐."

"혼자 고생하는데 덮밥이라도 사다 주자고⋯⋯."

오준범은 말끝을 흐리며 어둠 속을 바라봤다.

희미한 달빛 사이로 맨발의 남자가 걸어 나왔다.

하얀 도복 바지에 상의는 입고 있지 않다.

은발 머리에 한쪽이 부러진 두 개의 뿔.

네르갈은 건치를 보여 주며 웃었다.

"이런, 들켜 버렸네. 잠입법도 좀 배웠어야 하는데."

"나찰⋯⋯."

오준범은 바로 일갈했다.

"이지현! 봉화!"

"봉화!"

이지현이 복창한 뒤 달리기 시작했고 오준범은 바로 네르갈을 향해 달려들었다.

133

'갑자기 나찰이……!'

성인이 된 나찰은 대부분 선인급 이상의 힘을 가지고 있었다. 그러나 그건 책에서나 읽은 내용일 뿐.

실제로 나찰을 만나 본 이는 손에 꼽았다.

그런 존재가 왜 여기서 나타나는가?

이 변방에 뭐가 있다고.

'그래도 조금은 버틸 수 있을 거야.'

나찰을 만났을 때 무사들의 행동강령은 단순하다.

방해되니 도망쳐라.

그러나 오준범은 조금은 버틸 수 있으리라 생각했다.

하지만 그것은 자만이었다.

무언가 번쩍하더니 오준범의 시야가 하늘로 솟구쳤다.

'아…….'

뇌가 터질 것만 같은 고통이었다.

고작 발차기 한 방.

그것에 오준범은 무릎을 꿇었고 네르갈은 그를 내려다보며 말했다.

"그럼 잘 가라."

네르갈의 발등이 오준범의 관자놀이를 때렸다.

의식이 날아간다.

하지만 잡아야 한다.

오준범은 초인적인 정신력으로 의식을 붙잡았다.

지현이를 살려야 한다.

어떻게든 지현이만은 살리고 싶었다.

오준범은 술 취한 사람처럼 비틀거리며 봉화로 걸어가다 바닥에 떨어진 횃불을 발견하고는 멈춰 섰다.

배가 뚫린 채 눈을 뜨고 죽은 시체 한 구.

조금 전 봉화를 올리기 위해 떠난 이지현이었다.

"지현아. 미안하다. 내가 약해서……."

오준범은 바닥에 널브러진 횃불을 붙잡고는 앞으로 걸어갔다.

슬퍼할 새도 없다.

이 몸이 죽어 쓰러지기 전에 봉화를 태워야 한다.

그가 걸어가는 곳은 시체 밭이었다.

한 방에 목이 꺾이고 머리가 터져 죽은 사람들.

끝까지 봉화에 도착한 오준범은 바로 횃불을 던졌다.

불이 붙는 것을 확인한 그는 봉화 옆에 앉아 말했다.

"내일이 없는 줄 알았다면……."

오늘이라도 고백할 걸 그랬다.

머리가 어지럽다.

오준범은 매캐한 연기를 맡으며 눈을 감았다.

"……하루가 아쉽네."

누가 이 불을 보고 복수해 주길 바랄 뿐이다.

◆ ◈ ◆

유아린은 하늘만 올려다보고 있었다.

3일 동안 서하가 돌아오지 않았다.

떠난 것일까?

그게 아니라면 일부러 피하는 것일까?

'또 이렇구나. 또⋯⋯.'

유아린은 잡념을 털어 내기 위해 머리를 흔들었다.

'아니야. 신로심법부터 하자.'

계속 수련하고 있으라고 했으니 돌아올 것이다.

그렇게 믿는 수밖에 없었다.

그때 뒤에서 유현성이 말했다.

"집중을 못 하는 거 같구나."

"아버지. 나오셨어요?"

"청신의 아이를 생각하고 있느냐?"

"아, 아닙니다."

"그놈은 이제 잊어라."

"네?"

"그놈은 이제 너와 관계없는 놈이니 잊으라고 했다."

유아린은 눈을 깜빡이며 유현성을 쳐다보았다.

유현성은 작은 한숨을 내쉬었다.

책임질 수 없다면 시작도 하지 말라고 말한 것은 본인이었으나 딸이 상처받는 것을 보는 게 좋을 수는 없었다.

하지만 서하는 선택했다.

떠나기로.

유현성은 서하가 봉화에서 내려오지 않고 있다는 것을 알지 못했기 때문이었지만 말이다.

"잡념은 떨쳐 버리고 수련에 집중하거라."

유현성은 몸을 돌렸다.

딸은 언제나 군말 없이 그의 지시를 따랐기에 이번에도 그럴 것으로 생각했다.

하지만 유아린은 떨리는 목소리로 말했다.

이번만큼은 괜찮으리라 생각했기에 그만큼 실망도 컸다.

그리고 처음으로 아버지의 말에 반문했다.

"……왜요?"

유현성은 딸에게 시선을 돌렸다.

유아린은 잠시 망설이더니 천천히, 하지만 또박또박하게 말했다.

"친해져도 된다고 하셨잖아요."

"내가 언제 그랬지?"

"계속 잘 부탁한다고 하셨잖아요. 서하는 저보다 강하고 똑똑하고……."

"상황이 바뀌었다. 그 아이는 떠났으니 잊어라."

"떠나게 만드신 거잖아요."

"······."

유아린은 아랫입술을 깨물며 시선을 내렸다.

"저는…… 그냥 평범하게 살고 싶어요."

처음으로 아버지에게 진심을 전했다.

아린은 떨리는 목소리로 말을 이어갔다.

"그냥 평범하게 친구들이랑 밥도 먹고, 놀러도 가고, 그렇게 살고 싶어요. 안 되나요? 그게 그렇게 힘든 일인가요?"

유현성은 애써 눈물을 참는 딸을 바라봤다.

저 말을 언젠가 들어 본 적이 있다.

'연우야……. 이렇게 됐구나.'

아내의 이름을 떠올린 유현성은 고개를 숙였다.

평범함.

누군가에게는 지겨운 그 단어가 누군가에게는 절대 허락되지 않는 행복이었다.

"안 된다."

"왜요?"

유아린의 큰 눈동자에서 눈물이 한 방울 떨어졌다.

"왜 안 되는데요?"

"그건……."

유현성은 차마 대답하지 못했다.

넌 괴물이기 때문이다.

넌 인간사회에 있으면 안 되는 나찰이기 때문이다.

그런 말을 어찌 딸에게 할 수 있겠는가?

지금까지 단 한 번도 의문을 표한 적이 없는 딸이었기에 근사한 변명조차 준비해 두지 않았던 유현성은 어떠한 말도 떠오르지 않았다.

"그건……."

"그건 네가 나찰이기 때문이지."

대답은 다른 누군가가 대신 해 주었다.

흉흉한 기운에 유현성은 화들짝 놀라 고개를 돌렸다.

'기운조차 느껴지지 않았다.'

침입자.

유현성의 등에서 식은땀이 흘렀다.

오랜만에 느껴 보는 전장의 긴장감이었다.

"부녀의 대화 중에 끼어들어 미안하네."

은발 머리에 뿔.

네르갈은 피 묻은 손을 흔들어 보이며 들어왔다.

"내 동족 받으러 왔다."

"……동족?"

유아린이 의문을 표하는 그 순간이었다.

"아린아! 피해라!"

왜 지금 등장하는가.

비극적인 운명을 전해야 할 때 왜 이런 불청객이 등장했단 말인가?

하지만 그런 불만을 가질 시간도 없었다.

물을 것도 없는 적.

유현성은 딸을 지키기 위해 네르갈을 향해 달려들었다.

화강신법(花鋼身法).

화강 가문은 예로부터 맨손 격투술로 유명했다.

우아한 꽃과 같으면서도 강철과도 같이 단단한 격투술.

네르갈은 떨어지는 꽃잎처럼 움직이는 유현성을 보며 비웃었다.

"나풀거리긴. 그런 공격으로는……."

네르갈이 주먹을 내질렀으나 유현성은 종이 한 장 차이로 피해 뒤로 돌며 팔꿈치를 꽂았다.

순간 네르갈의 고개가 뒤로 넘어갔다.

화려함과는 어울리지 않는 묵직한 공격이었다.

"크윽!"

충격이 전달되었다.

꽃과 같이 화려하게, 강철과도 같이 단단하게.

화강신법을 압축한 말이었다.

유현성은 멈추지 않았다.

'나찰은 이 정도로 안 죽는다.'

보통 무사였다면 방금 공격으로 뇌가 터져 죽었을 것이다.

하지만 나찰은 다르다.

유현성은 오랜 전투로 나찰의 힘을 알고 있었다.

'기회를 잡았을 때 끝내야 한다.'

유현성은 기회를 놓치지 않고 연타를 때렸다.

화강신법은 신체의 모든 부위를 무기화한다.

팔만 하더라도 어깨, 팔꿈치, 손목, 손등, 손가락까지 사용해 수많은 변형이 가능했다.

이 화려한 변화가 꽃이라면 위력은 강철과도 같다.

내공을 담아 날리는 일격 하나하나는 적을 강철 몽둥이로 두드리는 것과 같다.

이렇듯 화강신법은 연격에 특화되어 있었고 유현성은 선인인 만큼 이를 잘 활용했다.

"죽어라. 괴물."

화강신법(花鋼身法).

낙화(落花).

머리에서부터 단전까지.

수십 번의 공격이 네르갈의 전신을 두드렸다.

마지막 일격은 명치.

유현성은 온 힘을 담아 명치에 마지막 일격을 날렸다.

공기가 폭발하는 소리와 함께 네르갈이 뒤로 밀려나고 유현성은 깊게 숨을 내쉬었다.

제대로 들어갔다.

하지만 네르갈은 아직 여유가 있어 보였다.

"넌 좀 치네. 그런데 뭐 잊은 거 아니야?"

잊은 것?

유현성이 인상을 찌푸릴 때 네르갈의 몸이 은빛으로 빛났다.

"내 목표는 네가 아니라 네 딸이야."

네르갈의 은빛 기운이 작은 칼날이 되어 공중을 날았다.

네르갈의 목표는 유아린.

유현성은 딸의 위치를 확인한 뒤 지체 없이 달렸다.

칼날이 비처럼 쏟아지고 유현성은 딸을 안아 보호했다.

푹.

무미건조한 소리가 반복해서 들려온다.

반응조차 할 수 없었던 유아린은 자신을 안은 아버지의 등을 만졌다.

뜨거운 피가 끈적거렸다.

유아린은 아빠의 온기를 느끼며 말했다.

"아빠……."

유현성은 냉정하게 현 상황을 살폈다.

이건 치명상이다.

'이렇게 죽는가?'

이게 딸과의 마지막 대화가 될지도 모른다.

그런 생각이 들자 유현성의 입이 저절로 움직였다.

"미안하다."

딸에게 해 주고 싶은 말이 있었다.

언젠가 딸이 진실을 알았을 때 해 주고 싶었던 말.

"나는 그저 네가 나보다 오래 살기를 원했다. 내 손으로 너까지 죽이고 싶지 않았다. 딸아."

유현성은 아내가 죽던 그때를 떠올렸다.

오늘처럼 달이 밝은 날이었다.

비명과도 같은 괴성을 듣고 도착한 그곳에서 아내는 힘겹게 음기를 억누르고 있었다.

하지만 역부족이라는 것을 깨닫자 오랫동안 잊으려 노력했던 약속을 꺼냈다.

은빛 기운에 먹히던 아내는 힘겹게 말했다.

"여보. 미안. 나 이제 못 버텨."

괴로워하는 아내를 앞에 두고 유현성은 뒷걸음질 쳤다.

그 순간이 오지 않기만을 기도하고 또 기도했으나 현실은 가혹했다.

시간은 무자비하게 흘러 결국 비극으로 향했다.

"이제 죽여 줘. 제발……."

아내가 주는 단검.

유현성이 망설일 때 아내가 애써 미소를 지으며 말했다.

"……난 당신을 죽이고 싶지 않아."

그 말에 팔이 저절로 움직였다.

누군가가 죄책감을 안고 가야 한다면 그건 자신임을 알았기 때문이다.

유현성은 눈물과 함께 그녀의 심장을 찔렀다.

그때의 촉감이 아직도 손에 남아 있다.

당시의 상황이 지금도 생생하게 떠올랐다.

매일 밤이면 찾아오는 악몽에 단 하루도 편히 잠을 잘 수
없었다.

그리고 이 순간 매일 쓸쓸하게 씹었던 아내의 마지막 말이
떠올랐다.

"내가 평범하지 못해 미안해."

그렇게 쓰러진 아내는 유현성의 귀에 대고 말했다.

"당신 인생을 망쳐서 미안해."

아니라고 대답해 주고 싶었으나 말이 나오지 않았다.

그렇게 아내는 죽었다.

아무 말도 못 해 주었다.

너와 결혼해 행복했다는 말도 못 했다.

그게 평생토록 후회가 되었고 한으로 남았다.

그래서 이번에는 그런 후회를 남기지 않을 생각이었다.

"미안하다, 딸아. 아빠는 너밖에 없었단다. 네가 내 인생의
유일한 행복이었단다."

유현성은 아린의 볼을 쓰다듬으며 말했다.

"평범하게 낳아 주지 못해 미안하구나."

흔들리는 눈빛으로 아빠를 보는 유아린.

하지만 네르갈은 길게 대화할 시간을 주지 않았다.

"그럴 줄 알았다. 네가 온몸으로 지킬 줄 알았어."

유아린은 입술을 떨며 네르갈을 올려다보았다.

분노를 본 네르갈은 조롱하듯 말했다.

"뭐 해? 네 아빠 살리고 싶으면 진심으로 덤벼."

"……안 된다. 딸아."

이번에 폭주하면 돌이킬 수 있을지 없을지 모른다.

하지만 유현성의 바람과 달리 유아린의 몸은 은빛으로 빛나기 시작했다.

분노로 인해 유아린의 이성은 이미 날아간 뒤였다.

"그래. 그럼 죽여 줄게."

태어나 한 번도 해 본 적이 없는 완전 해방. 찬란하게 빛나는 은빛은 멀리서도 볼 수 있을 정도로 밝았다.

유아린은 아버지를 안전한 곳으로 옮긴 뒤 네르갈의 앞으로 걸어갔다.

섬뜩한 기운에 네르갈이 미소를 지었다.

"이야, 동족이라더니. 진짜 동족과 같은 느낌……."

말이 끝나기도 전에 네르갈의 옆구리가 터져 나갔다.

'웅?'

방금 무슨……?

그런 생각을 할 때도 없었다.

유아린이 섬뜩한 미소를 지으며 네르갈의 코앞까지 달려들었으니까.

"죽어."

네르갈이 팔을 들어서 막으려 하자 유아린은 그의 왼팔을 잡은 뒤 수도로 내려쳤다.

마치 베인 것처럼 잘려 나가는 팔.

아니, 뜯겨 나갔다는 표현이 어울렸다.

왼쪽 팔이 잘린 네르갈은 입꼬리를 올렸다.

상상 이상의 전투력이었다.

'이거 평범한 동족이 아니라…….'

네르갈은 흥분에 찬 눈으로 생각했다.

'……진짜 귀신을 깨워 버렸구나.'

처음에는 나찰의 피도 희미해진 어린아이를 왜 각성시켜야 하는지 이해할 수 없었다.

그저 명령이니 그대로 이행할 뿐.

하지만 지금은 선생이 왜 유아린을 노렸는지 알 것만 같았다.

나찰의 힘은 혈통에서 오는 것이었다.

다스릴 수 있는 마수의 수, 종류, 그리고 본인의 힘과 능력까지.

오직 혈통으로 전승되는 것.

인간의 피가 섞였음에도 이 정도의 힘이라면 도대체 어떤 혈통을 이어받았다는 말인가?

'이거 잘못하면 죽겠군. 이쯤 후퇴할까?'

그러면 유아린이 알아서 이 도시의 모든 생명을 죽일 것이
었다.

　네르갈은 모두를 죽이고 지친 유아린을 생포해 가기만 하
면 될 일.

　하지만 그 순간이었다.

　"유아린!"

　한 남자가 담장을 뛰어넘어 달려들었다.

　태양과도 같은 황금빛으로 빛나는 남자.

　이서하가 도착했다.

Chapter 10.

중앙 봉화 탑.

엄청나게 춥다.

나는 이불을 꽁꽁 싸매고 명상으로 시간을 보냈다.

고도의 집중을 요구하는 천로(闡路)나 강로(强路)와는 달리 내공을 모으는 충로(充路)는 간단한 명상만으로 가능했다.

"근데 조장님 언제 오지?"

밥 먹을 때가 지났는데 말이다.

야식은 조장님이 싸다 주셨기에 그것을 기다리는 중이었다.

"늦으시네."

그렇게 생각할 때 하늘에 붉은 기운이 떠오르는 것이 보였다.

봉화가 오른 것이다.

언제든 봉화가 오르면 달려갈 준비를 하고 있었기에 놀랄 것도 없었다.

"왔구나……."

나는 바로 중앙 봉화에 불을 붙인 뒤 탑에서 뛰어내렸다.

침입자가 누구든 그는 아린이를 노리고 있을 것이다.

그렇다면 내가 가야 할 곳은 가주님의 집이다.

나는 음기를 심장으로 보내 양기로 바꾸며 달렸다.

결코 손쉬운 적이 아니리라.

'선인급. 혹은 그 이상.'

이곳에는 유현성이 있다.

그는 그저그런 백의선인도 아닌 흑의선인이다.

어쭙잖은 침입자는 유현성의 선에서 정리당할 것이기에 은월단도 그와 비슷한, 혹은 그 이상의 실력자를 보냈을 것 이다.

예를 들면 나찰 같은 존재를 말이다.

지붕을 박차고, 담장을 넘으며 도착한 저택은 이미 상황이 종료된 상태였다.

흉흉한 은빛으로 빛나는 아린이와 나찰.

그리고 무수한 칼날이 꽂혀 죽어 가는 유현성까지.

"유아린!"

나의 외침에 아린이가 반응했다.

이성이 날아간 눈.

하지만 그녀는 비교적 침착하게 나를 바라볼 뿐이었다.

'최소한의 이성은 있다.'

당장 달려들지 않은 것만으로도 최소한의 이성은 있다고 판단할 수 있었다.

하지만 언제 피아(彼我) 구분 없이 모조리 학살하는 존재가 될지 모른다.

나는 나찰을 살폈다.

옆구리가 뜯겨 나가고 왼쪽 팔이 없다.

어느 정도는 치명상을 입은 셈이었다.

'지금 당장 아린이를 원래대로 돌려야 한다.'

하지만 저 나찰이 가만히 있을까?

그렇게 생각할 때 사방에서 순찰대가 달려들었다.

봉화를 확인하고 온 것이었다.

"모두 가주님과 아가씨를 지켜라!"

정도윤이 상황 파악을 제대로 못 했기에 내가 더 큰 목소리로 외쳤다.

"전원 나찰을 막아! 아린이한테 다가가지 마라! 죽는다!"

내 말에 모두가 움찔거렸다.

기를 담아 외친 보람이 있다.

정도윤은 나를 바라봤다.

"아가씨한테 가지 말라니, 그게 무슨……."

"폭주했습니다. 제가 폭주를 가라앉힐 테니 나찰이 방해하지 못하게 막아 주세요."

유현성에게 들은 것이 있는지 정도윤은 묻지도 않고 바로 결정을 내렸다.

"전원 나찰을 막는다! 진을 짜라!"

정도윤과 순찰대원들이 나찰의 앞을 막았고 나는 유아린과 시선을 마주하며 그녀에게로 다가갔다.

천천히.

마치 맹수와 눈을 마주하고 다가가듯이.

이윽고 전투가 시작했고 바로 비명이 들려왔다.

아마 다 죽을 것이다.

저 나찰의 부상이 아무리 심해도 순찰대가 막을 수 있는 수준은 아닐 것이다.

나찰이란 그런 생명체다.

평범한 인간들은 절대로 이길 수 없는 절대적 포식자.

그러니 내가 가야만 한다.

아린이를 진정시키고 내가 막아야만 한다.

"내가 전부 해결해 줄게. 아린아."

"아……."

아린이가 괴로워하기 시작하는 그 순간을 신호 삼아 나는 앞으로 돌진했다.

최대한 몸을 밀착해야 한다.

온몸으로 음기를 흡수해야 순식간에 아린이를 진정시킬 수 있으리라.

그렇게 아린이와의 거리가 한 걸음으로 좁혀지는 순간이었다.

'됐……!'

푹!

다 왔다고 생각한 순간 아린이의 손이 반쯤 내 복부로 파고들었다.

광적인 미소.

이제 완전히 이성이 날아갔다.

하지만 늦지 않았다.

나는 그 상태로 아린이를 안았다.

"돌아와. 아린아."

온몸으로 음기가 들어왔다.

고작 손에서 손으로 기를 나누었을 때와는 차원이 다른 수준이었다.

내 몸속으로 들어온 아린이의 손 때문인지 생각보다 음기의 흡수 속도가 빨랐다.

몸이 터져 버릴 것만 같다.

기맥이고 혈맥이고 할 것 없이 뒤틀리고 내 몸은 황금빛에서 점점 은빛으로 변해 갔다.

'끄으윽⋯⋯!'

얼마나 악물었는지 이가 흔들리기 시작했다.

하지만 여기서 멈출 수는 없었다.

실패할 수 없다.

실패가 용납되는 삶이 아니다.

"으아아아아악!"

고통에 비명이 흘러나오는 와중에도 나는 음기를 심장으
로 보냈다.

심장 박동수가 2배를 넘어 3배로 올라갔고 온몸이 붉게 물
들기 시작했다.

제발 버텨라.

오직 이 순간을 위해 지금까지 수련한 것이 아니던가.

"으아아아아!"

나의 비명과 함께 아린이는 더는 빛나지 않았다.

은빛 기운이 사그라들며 정신을 차린 아린이는 나를 올려
다보았다.

자신이 한 행동에 넋이 나간 것만 같은 얼굴.

이럴 때는 아무렇지 않게 대해 줘야만 한다.

"돌아왔니?"

"서하야⋯⋯."

아린이는 자신의 오른손을 내려다보았다.

"내, 내가 너를 찔렀어. 내가⋯⋯ 내가 너를⋯⋯."

아린이는 완전히 정신 나가고 있었다. 나는 그런 그녀의 머리를 안으며 말해 주었다.

"괜찮아. 잘 버텼어."

나는 아린이의 손을 잡아 내 배에서 뺐다.

에싱헀딘 대로 피가 뿜어져 나왔으나 극한의 양기에 고통 따윈 느껴지지 않았다.

"기다리고 있어. 다 해결하고 올게."

이제 저 나찰만 죽이면 된다.

"뭐야? 제정신으로 돌아왔네?"

네르갈은 다리에 꽂혀 있던 검을 빼 던졌다.

순찰대가 목숨 걸고 달려들어 생채기는 냈으나 사실상 전멸을 피할 수는 없었다.

네르갈은 핏덩어리가 된 채 벽에 박혀 있는 정도윤을 바라보다 말했다.

"쯧. 선인급이 섞여 있었을 줄이야."

정도윤을 제외한 순찰대원들은 신체 한 부분이 뭉개져 죽어 있었다.

나찰은 진정된 아린이를 보며 말했다.

"저걸 진정시켰어? 고맙네. 어떻게 데리고 가나 했었는데. 덕분에 일이 쉽겠어."

뚫린 입이라고 말은 잘한다.

말을 섞어 줄 생각은 없다.

나찰만 보면 회귀 전 죽었던 내 동료들이 생각나 이성이 날아갈 지경이었으니까.

이렇게 빨리 만날 줄은 몰랐다.

이번 생에서의 첫 나찰을.

"우리 깔끔하게 서로 이름만 알고 가자."

"좋은 자신감이네, 꼬마야. 마음에 들어. 난 네르갈이다."

"청신의 이서하다."

"좋아. 그럼……."

네르갈은 망설이지 않고 나에게 달려들었다.

"시작하자."

네르갈은 역시나 상상 이상으로 빨랐다.

회귀 전에도 나찰은 결코 쉬운 상대가 아니었기에 어린 시절로 돌아온 지금은 더 위협적인 상대였다.

그러니 처음부터 전력으로 간다.

낙월검법(落月劍法).

내 검이 황금빛으로 타오르고 그와 대비되듯 네르갈은 은빛으로 차갑게 식어 갔다.

네르갈은 자신의 음기로 주먹을 감싸 내질렀고 나는 그것을 피하며 검을 휘둘렀다.

조금도 힘을 아껴서는 안 된다.

몸이 버틸 수 있는 한 모든 양기를 내뿜어 단시간에 승부를 봐야만 한다.

나는 네르갈을 향해 검을 내질렀다.

현재 내가 낼 수 있는 최대 속도로, 최대한의 힘으로 몰아 붙이자 네르갈이 점점 뒷걸음을 치기 시작했다.

"우오오오오오오!"

나의 뼘이 고통 속에 국어 산나.

내 수명이 하나씩 꺼져 가는 소리가 들려왔다.

하지만 멈출 수는 없다.

모든 것을 토해 내고 죽으리라.

내 목숨을 걸어 이번 생은 그 무엇 하나 잃지 않으리라.

나는 하늘로 솟구쳤고 네르갈 또한 흥분된 눈으로 외쳤다.

"좋아! 한번 해보자!"

네르갈이 손을 횡으로 휘두르자 그의 음기가 칼날이 되어 나에게 날아들었다.

피할 수 없다.

아니, 피하지 않는다.

푹!

칼날은 나의 배와 다리, 어깨, 그리고 팔을 뚫고 날아갔다.

하지만 괜찮다.

고통은 익숙하니까.

"죽어!"

내가 멈추지 않자 네르갈은 놀란 눈으로 남은 오른손을 들어 올렸다.

음기로 강화된 팔.

평범한 인간은 절대로 자를 수 없는 금강불괴(金剛不壞)의 경지.

'그래, 너도 이런 것과는 안 싸워 봤겠지.'

하지만 난 평범한 인간이 아니다.

오직 양기로 강화된 나의 검만이 모든 종류의 음기를 벨 수 있다.

낙월검법(落月劍法).

이위화(離爲火).

황금빛 불꽃이 내 검을 감싸며 불타올랐다.

언제나 달을 떨어트리는 것은 반대편에서 올라오는 태양이다.

떠나는 이를 위한 마지막 불꽃이 네르갈의 가슴을 갈랐다.

"……잘난 척은 할 만하구나."

검이 양기를 버티지 못하고 증발함과 동시에 네르갈의 가슴에서 피가 뿜어져 나왔다.

뒤로 넘어가는 네르갈.

그의 육중한 몸이 쓰러지고 네르갈은 나를 올려다보며 말했다.

"너는 자신의 수명을 태우고 있구나."

"……그래서 이길 수 있다면 싸게 먹히는 거 아니겠어?"

"네 말이 맞다. 그렇게 싸웠어야 하는구나."

상체가 사선으로 거의 절단되었음에도 그는 의식을 붙잡고 있었다.

그의 목에서 바람이 빠져 가는 소리가 들렸다.

"하아아아."

나도 여기까지가 한계다.

온몸에 구멍이 뚫렸다.

수십 개의 구멍은 끝도 없이 피를 뿜어냈다.

양기를 돌리고 근육으로 지혈하려 해도 한계가 있다.

내가 무릎을 꿇자 네르갈이 힘겹게 말을 이어 갔다.

"······난 지키지 못했다."

"······."

"너처럼 목숨을 걸었다면 지킬 수 있었을까?"

네르갈은 그렇게 한탄하다 말을 이어 갔다.

"저주하마. 내 가족을 죽인 인간들을 저주하마. 내 복수를 망친 너를 저주하마. 네가 죽는 꼴을, 너의 소중한 사람들이 다 죽어 가는 꼴을 하늘에서 지켜보마. 그때가 되면 너도 알 수 있겠지. 내가 어떤 기분이었는지를······."

그 말을 끝으로 네르갈이 눈을 감았다.

멍청한 놈.

내가 그 느낌을 모를까.

"이미 많이 겪어 봤어."

지독하게도 많이 겪었다.

그렇기에 한 번 더 겪을 수 없었다.

"근데 이러다 내가 죽겠네."

사정 봐 가면서 싸울 상대가 아니라 뒷감당 생각 안 하고
싸웠더니 여파가 장난이 아니다.

시야가 흐려지기 시작했다.

이러면 안 되는데 말이다.

"서하야!"

멀리서 아린이가 달려와 나를 안았지만 이미 오감이 모두
희미해져 가고 있었다.

아린이는 오열하며 앉아 있는 나를 안았다.

"안 돼! 죽지 마!"

"……안 죽을 거야. 걱정 마."

말은 그렇게 했지만 이대로면 진짜 죽겠는데.

이대로 죽으면 안 되는데…….

그렇게 생각할 때 마지막 시야에 한 노인이 달려오는 것이
보였다.

키 작은 노인.

매일 나를 혼내던 바로 그 얼굴이었다.

'온다더니. 진짜 왔네.'

역시 난 운이 좋다.

아무래도 이번에도 난 살아남은 것 같다.

        ◆ ◇ ◆

못 보던 천장이다.

새로운 회귀인가.

아니, 그럴 리가 없니.

온몸이 욱신거리고 아프다. 손가락 하나 까딱할 힘도 없었
다.

무엇보다 목이 타는 것만 같다.

"목마른데……."

그렇게 중얼거리며 옆을 바라보자 선녀가 보였다.

구석에 기대 잠을 자는 아린이였다.

마치 커튼이 아름다운 풍경을 가리듯 윤기 나는 머리카락
이 얼굴의 반을 가리고 있었다.

그런데도 예쁘다.

아니, 오히려 그래서 더 분위기 있게 예쁘다.

어떻게 저렇게 자면서도 예쁘지?

눈을 뗄 수 없어 그저 바라보고만 있을 때 옆에서 목소리가
들려왔다.

"너나 나나 명이 길구나."

유현성이 바로 옆에 누워 있었다.

도대체 누구냐?

이렇게 불편한 자리를 배정한 게.

나는 유현성을 옆으로 바라본 뒤 말했다.

"살아 계셨네요."

"운이 좋게도 급소는 빗나갔더군."

"약선님이 달려온 게 운이 좋았죠."

"그래, 둘 다 운이 좋았지."

유현성은 한숨과 함께 말했다.

"아린이가 너만 봐주더구나. 나는 쳐다도 보지 않았어."

"부럽습니까? 그러게 잘 좀 하시지 그러셨어요. 저처럼."

"……그래. 맞다."

잠깐.

그냥 인정하면 어떡해?

좀 놀려 주려고 그랬는데 바로 인정하면 나만 쓰레기 되는 거 아닌가.

유현성은 씁쓸하게 말했다.

"내가 잘못 살았구나."

"……뭐. 잘 살았다고는 할 수 없죠."

의도는 좋았다.

딸을 조금이라도 더 오래 살게 하기 위해 악역을 자처한 그의 마음을 모르는 것은 아니다.

하지만 방법이 잘못되었다.

"제가 살아보니 불행한 백 년보다 행복한 일 년이 더 가치 있더군요."

"꼭 살아본 것처럼 얘기하는구나. 15살짜리가."

"상상은 할 수 있는 거 아닙니까?"

"……그래. 나도 알고 있었던 건데. 시야가 좁아 그걸 잊었어."

유현성은 그리움 가득한 눈으로 아린이를 바라봤다.

"나도 연우와 아린이가 함께했던 그 시절이 내 평생보다 행복했었는데 말이야."

"그럼 이제부터 잘 지내보세요. 여행도 가시고. 추억도 쌓으시고."

"그래야지. 그래서 너희 할아버지는 언제 보러 가면 되느냐?"

"저희 할아버지요?"

"약혼 전에 상견례는 해야 할 거 아니냐? 난 경고했다. 책임질 수 없다면 포기하라고. 선택은 네가 한 것이다."

"……저 결혼할 생각 없는데요."

"……."

유현성은 나를 죽일 듯 바라보다 말했다.

아니, 내가 할 일이 얼마나 많은데 결혼을 하란 말인가.

아린이가 홀로 설 수 있을 때까지는 도와주겠지만 정말로 결혼해 책임질 생각은 없었다.

이미 책임져야 할 것이 너무 많으니까.

유현성은 믿을 수 없다는 듯 나를 노려보았다.

"네가 감히 지금 아린이를 거절하는 것이냐?"

"아니, 아린이를 거부하는 게 아니라 저는 진짜 이번 생에 결혼할 생각이 없습니다. 할 일이 너무 많아 가정을 책임질 수 없습니다."

"호오! 그러냐? 아주 복에 겨웠구나! 그래 할 일이 많다면 내가 그 삶을 편안하게 만들어 주마."

"어떻게요?"

"그 바쁜 삶을 끝내 주면 되는 것 아니냐? 걱정하지 말거라. 내 고통 없이 보내 주마."

유현성이 비틀거리며 일어나기 시작했다.

저 살기 진짜다.

누가 좀 살려 줘. 난 아직 못 움직인다고.

그때였다.

"누워. 이 우라질 놈들아."

약선님이 들어와 유현성의 머리를 때렸다.

"아린이가 너희들 챙기느라 얼마나 고생했는지 아느냐? 깨자마자 쌈박질이야. 쌈박질은. 이 죽다 살아난 놈들이 기운은 좋아서. 쯧쯧."

유현성은 꿀 먹은 벙어리가 되어 고개를 돌렸다.

약선님에게 또 한 번 구원 받는 순간이었다.


약선님이 직접 돌봐 준 덕분에 나는 일주일 만에 침대를 털고 일어났다.

역시 생사침술은 죽은 자도 살리는 게 맞나 보다.

열심히 배워야지.

◆ ◈ ◆

일주일이 지났음에도 도시는 슬픔에 잠겨 있었다.

나 또한 아린이와 함께 가장 먼저 장례식장으로 향했다.

그렇게 도착한 묘지.

비석에 새겨진 이름이 너무나도 익숙해 가슴이 먹먹했다.

오준범과 이지현.

조장님과 부조장님의 묘지였다.

이번 일에 희생은 필연적이었다.

그래서 마음의 준비는 해 두었다.

누가 죽어도 마음이 흔들리지 않게.

하지만 가까운 지인의 죽음은 절대로 적응되는 일이 없었다.

아린이는 옆에서 말했다.

"내가 없었으면 이 사람들은 안 죽었겠지?"

"너 때문 아니라니까. 그 나찰이 죽인 거지 네가 죽인 게 아니잖아."

이런 말로는 위로가 안 될 것이다.

나찰은 아린이를 노리고 들어왔고 이를 막다가 사람들이 죽은 건 사실이었으니 말이다.

그때 누군가가 말을 걸어왔다.

"아가씨."

정도윤이었다.

그는 전투가 끝난 그 후로 한시도 순찰대원들의 묘지를 떠나지 않았다고 한다.

대장으로서 책임감을 느끼는 것일까.

정도윤은 나를 발견하고는 허리를 숙였다.

"무사하셔서 다행입니다. 도련님."

"대장. 왜 그래요, 갑자기?"

"화강을 지켜 주셔서 감사합니다."

정도윤은 존경 어린 눈으로 날 바라봤다.

"당신이 우리의 은인입니다."

"닭살 돋으니까 그만해요. 아우, 처음부터 잘해 주든가. 사람이 확 바뀌네."

내가 장난스럽게 받아치자 정도윤은 민망하게 웃으며 고개를 숙였다.

"언젠가 이 은혜는 반드시 갚겠습니다. 그럼 이만 물러가도록 하겠습니다."

정도윤이 멀어지고 아린이가 나에게 말했다.

"바닷가나 보러 갈까?"

처음 올 때 같이 보기로 약속했던 장소였다.

길쭉하게 선 검은 바위들이 꽃과 같은 모양을 하고 있었다.

화강(花鋼).

나찰과의 전쟁에서 부서졌던 검은 꽃은 웅장한 자태를 뿜어내고 있었다.

아린이는 가만히 해변을 거닐다 말했다.

"내가 나찰이래. 그냥 특이체질인 줄 알았는데, 그게 아닌가 봐."

나는 대답하지 않았다.

아마도 그녀는 대답을 알고 있을 것이었다.

"아빠가 맞았어. 나는 친구를 사귀면 안 되는 거더라."

그녀는 내 앞으로 뛰어나오더니 눈을 마주하며 말했다.

"그러니까 너랑 친구 안 할래."

"왜?"

"너는 착하니까. 그래서 여기까지 와 준 거 아니야? 괜찮아. 나 혼자 사는 거 익숙해. 그래도 아빠랑 화해도 했고."

"그러니까 그걸 왜 네가 정하냐고."

아린이는 나를 올려다보았다.

"난 너랑 절교할 생각 없어. 네가 싫다고 해도 계속 따라다닐 거야. 나 너 필요해."

아린이의 힘은 필요하다.

은혈천마(銀血天魔).

아린이는 이제부터 내 오른팔이 되어야 한다.

아린이가 힘을 다룰 수만 있다면 필승 패를 하나 가지는 것과 다름없다.

"폭주해도 이성을 잃지 않게 해 줄게. 걱정하지 말고 나한테 붙어 있어."

그렇게 말하자 아린이의 눈에서 눈물이 흘러 떨어졌다.

누구도 그녀를 평범하게 봐 주지 않았기에 아린이는 혼자 고립되었다.

밥을 먹는 것.

부모님과 대화하는 것.

친구를 사귀는 것.

누군가에게는 지겨운 일상이 누군가에게는 이룰 수 없는 꿈과 같다.

"부탁할게. 나 너 진짜 필요해."

"……응. 절대 안 떨어질게."

아린이는 환하게 웃었다.

잠깐, 너무 자극적이다.

아직 심장이 정상으로 돌아오지 않았는데.

민망함에 나는 고개를 들어 바닷가를 바라보았다.

회귀 전, 부서졌었던 화강은 지금도 그 웅장한 자태를 뽐내고 있었다.

◆ ◈ ◆

가장 큰 위기는 넘겼으나 여전히 몇몇 문제는 남아 있었다.

근시일 내에는 아닐지라도 은월단은 지속해서 아린이를 노릴 것이었다.

그 전에 아린이는 자신의 힘을 완벽하게 다룰 수 있어야만 했다.

그리고 그 계획은 이미 짜 놓았다.

3일간 봉화에서 내공이나 모으며 시간을 죽이고 있던 것은 아니었다.

매일 아린이의 폭주 문제를 어떻게든 해결하려고 머리를 쥐어짜 내던 중 한 가지 묘안이 떠올랐다.

유현성과 아린이를 앞에 두고 앞으로의 계획을 말해 주었다.

"아린이의 문제를 해결할 수 있을 거 같습니다."

"어떻게? 음기를 다스리는 방법이 있는 것이냐?"

"그건 아닙니다."

"그러면?"

"다른 방식으로 접근하는 겁니다. 바로 부동심법(不動心法)입니다."

내 말에 아린이가 반문했다.

"부동심법?"

"저기 대륙 쪽의 수도승들이 수련하는 거야. 내공을 이해하고 몸의 맥을 여는 다른 심법(心法)과 달리 이건 오직 마음을 다스리는 심법(心法)이야. 부동심법(不動心法)의 목표는 그 어떤 상황에서도 기준에서 벗어나지 않는 마음을 가지는 것."

"그러면 음기가 폭주하더라도……."

"절대 이성을 잃을 일은 없는 거지."

부동심은 한 가지 기준을 잡고 마음을 고정하는 것이었다.

수도승들은 선지자의 가르침을 기준으로 삼지만 사실 기준은 무엇이든 상관없었다.

한때는 나 역시 이 부동심법을 배워 볼까 했던 적도 있었다.

끝내 포기했지만.

기준을 잡을 수 없었기 때문이다.

나는 무엇을 기준으로 삼아야 할까?

모두의 평화?

가족의 안위?

권력? 명예?

그 어떤 것도 기준을 삼기에는 단점이 있었다.

나름 오랜 세월을 살며 깨달은 유일한 진리.

인간은 불완전한 존재이며 결코 절대적 선(善)의 기준을 알 수 없다는 것이다.

하지만 아린이는 상황이 달랐다.

어떤 기준을 잡든 오직 살육에 미쳐 폭주하는 것보다는 나으리라.

"그렇게 되면 아린이는 그 누구도 건드릴 수 없는 최고수가 될 겁니다."

음기 폭주 상태의 아린이는 그야말로 걸어 다니는 재앙이다.

하지만 평정심을 유지할 수 있다면?

오직 적에게만 재앙이 될 뿐이다.

"이번 이야기는 일리가 있군. 부동심법. 분명 보고서에 적혀 있던 것으로 기억한다."

유현성은 고개를 끄덕였다.

"내가 너무 한쪽만 보며 집착했구나. 음기를 다스리는 것에만 집착했어."

음기를 다스릴 수 없다면 다스리지 않으면 된다.

굳이 무기를 숨기는 것보다 무기를 다루는 법을 배우는 게 효율적이다.

"그런데 수련 방법을 아느냐?"

"네, 알고 있습니다. 어떻게 아는지는 말씀드릴 수 없지만……."

"상관없다. 네가 헛소리를 하지 않는 놈인 건 알았으니까. 부탁한다."

"수련 방법은 어제 적었습니다."

나는 죽간을 건넸다.

일단 가장 기본적인 명상법과 부동심법의 기초만 적었다.

하지만 이 기본만 하더라도 몇 년은 걸릴 것이었다.

나는 아린이에게 시선을 돌렸다.

"단순하지만 노력이 많이 필요한 심법이야. 뭐 성실성을 걱정할 필요는 없겠지만."

"응. 열심히 할게. 너한테 도움 될 수 있게."

"아린아. 차를 더 가져다줄 수 있겠니?"

"네, 아버지."

아린이가 갑작스럽게 차를 가지러 나갔고 나는 유현성에게 말했다.

"하고 싶은 말이라도 있으십니까?"

"……아린이랑 어떻게 친해지는 것이냐?"

"네?"

"내가 아무리 놀러 가자고 해도 수련하겠다고 안 가더구나. 너랑은 어제 나갔다 왔다고 들었다. 어떻게 그러는 것이냐?"

농담하는 건가?

아니, 농담이라고 하기에는 너무 간절해 보였다.

여기서는 진심 어린 조언을 해 주도록 하자.

"생각해 보세요, 아저씨. 지금까지 대화는 몇 번이나 하셨습니까?"

"하루에 한 번 정도? 그것도 안 할 때가 많다."

"그럼 아저씨는 하루에 한 번도 대화하지 않던 사람이 갑자기 와서 친한 척하면 무슨 생각이 들겠습니까?"

"……왜 친한 척일까 싶겠지."

"바로 그겁니다."

"……."

"왜 친한 척이십니까? 딸한테."

충격받은 얼굴.

이런 게 다 업보다. 업보.

아무리 피가 섞였어도, 죽기 전에 고해성사했다고 하더라도 어색한 건 어쩔 수 없다.

"그럼 어떻게 해야 되느냐?"

"일단 밥부터 같이 먹으세요."

"밥?"

"아린이가 좋아하는 음식은 아십니까?"

"……다 잘 먹던데."

"아닙니다. 좋아하는 음식이 있습니다. 그런 사소한 것부터 시작하세요. 서로 좋아하는 걸 공유하고 대화하는 것부터 시작입니다."

그렇게 진심 어린 조언을 해 줄 때 아린이가 들어와 차를 내려놓았다.

유현성은 내 눈치를 보았고 나는 고개를 끄덕여 주었다.

"저기 아린아……."

"네. 아버지."

"오늘 저녁은 나가서 먹을까? 시민들도 좀 보고……."

"오늘 저녁에는 수련을 해야 할 거 같습니다. 부동심법을 빨리 익혀야죠."

"그렇지! 맞아. 그렇구나……. 그래."

민망한지 더는 말을 꺼내지 못하는 유현성.

한동안 어슬렁거리던 그는 헛기침을 하며 밖으로 나갔다.

"그럼 수련에 최선을 다하거라."

"네. 아버지."

저 부녀가 친해지려면 아직 한참 남은 것만 같다.

서재 밖으로 비가 내리고 있다.

이주원은 손으로 빗물을 맞으며 말했다.

"네르갈이 졌어. 아주 밝은 불에 타 죽더군."

선생은 심각한 얼굴로 하늘만 올려보고 있었다.

네르갈이 당했다.

절대로 꺾이지 않아야 할 패가 꺾였다.

"유현성이 죽인 겁니까? 그 정도의 실력은 없을 텐데요."

"유현성이 아니라 그 꼬마가 죽였어."

"이서하입니까?"

"맞아."

선생은 그게 가능하냐는 듯 이주원을 바라봤지만 그는 어깨만 으쓱할 뿐이었다.

"황금빛 불꽃을 두르고 마치 무신처럼 싸우던데?"

"……백두검귀가 실패한 게 이렇게 굴러갈 줄은 몰랐네요."

이럴 줄 알았다면 네르갈을 이서하에게 보냈어야만 했다.

하지만 이미 지나간 일이었다.

"계획을 수정해야 합니다. 유아린을 확보할 수 없다면 거사에 차질이 생기니까요."

"유아린을 대체할 사람이 필요하겠네."

"대체하는 건 불가능합니다."

폭주 상태의 유아린은 일반 나찰보다도 더 강력한 힘을 뿜냈다.

그런 그녀를 완벽하게 대체할 수 있는 존재는 떠오르지 않았다.

"계속 시도해 봐야죠."

"지금 바로 움직이면 난리가 날 텐데. 이미 실패한 시점에서 흔적이 남았을 테니까."

"지금은 안 되죠."

선생은 손톱을 물어뜯다가 말했다.

"일단 다른 계획부터 진행합시다."

"다음 계획이라면?"

"슬슬 나찰들을 모아야죠."

인간들의 전력을 깎기 시작해야만 한다.

◆ ◈ ◆

청신.

오랜만에 돌아오는 본가는 언제나처럼 수수했다.

아린이에게는 기본적인 부동심법 수련법을 알려 주었다.

똑똑한 아이니 기본은 알아서 수련할 수 있을 것이다.

아니, 사실 내가 가르칠 것도 없다.

부동심법은 오직 자신이 수행해야 하는 것이었으니까.

"혼나려나?"

이제 방학은 고작 1주일밖에 남지 않았다.

1주일 남겨 놓고 뭘 하러 왔냐고 혼나도 할 말이 없었다.

"상혁이는 잘하고 있으려나?"

운성으로 돌아갈 수 없는 상혁이는 청신에서 방학을 보내기로 했다.

어쨌든 일검류를 배우고 있으며 청신이 후원하는 무사였기에 청신학관의 숙소 하나 내주는 건 어려운 일이 아니었다.

그렇게 안으로 들어가 할아버지가 있는 안채로 향할 때 연

178  2

무장에서 수련 중인 이준하가 눈에 들어왔다.

"오……."

이건 정말 놀랄 수밖에 없었다.

이준하는 무사가 되고 나서도 똥배를 가지고 있었다. 하지만 오늘 본 이준하는 6개월 만에 괜찮은 몸매로 탈바꿈되어 있었다.

그보다 이준하와 함께 수련하는 녀석도 눈에 익었다.

누구였더라?

그때 이준하와 그의 친구가 나를 발견했다.

"이서하……!"

이준하는 나를 보고는 인상을 찌푸렸으나 그와 함께 수련하던 남자는 얼른 달려 나와 허리를 숙였다.

"도련님. 오랜만입니다."

"도련님? 아! 김용호. 그 성무학관 입학시험 때."

"그렇습니다. 덕분에 청신에 들어올 수 있었습니다."

"야! 나도 도련님인데 왜 애한테만 깍듯하냐?"

이준하가 말하자 김용호가 그를 보며 피식 웃었다.

"나보다 약하면서 뭐래. 청신에서 권력은 실력순. 도련님이면서 그것도 모르냐?"

"와……."

"어쨌든 서하 도련님. 열심히 배워 견마지심(犬馬之心)으로 모시겠습니다."

"그러면 나야 고맙고. 그럼 수고해. 이준하 너도. 살 많이 뺐네. 그래도 용호보다 약한 거 보면 아직 멀었지만."

"이 새끼……."

말은 거칠지만 겁먹은 눈빛을 숨길 수는 없는 이준하였다.

나는 이준하의 머리를 툭툭 치고는 안채로 향했다.

당한 기억이 남아 있어서인지 준하 녀석은 한마디도 못 하고 부들거리고 있을 뿐이다.

그러니까 평소에 잘했으면 무공도 가르쳐 주고 친하게 지냈을 거 아니냐.


그렇게 도착한 안채의 연무장.

할아버지는 언제나처럼 수련 도중 나를 발견하고는 환하게 웃었다.

"우리 새끼 왔구나! 하하하!"

할아버지가 나를 번쩍 하늘로 던진 뒤 받았다.

이거 잘못하면 추락사다.

할아버지는 내가 말할 새도 없이 큰 목소리로 말했다.

"화강에서 나찰을 잡았다는 말은 들었다. 네 나이에 나찰을 이기다니. 으하하하하!"

"팔 한쪽 없고 배에 구멍도 뚫린 상태로 싸운 거지만요."

"그래도 나찰 아니더냐. 15살에 나찰을 죽인 무사는 네가 최초일 것이다."

어쨌든 이긴 건 이긴 거니까.

칭찬은 받아 두자.

"그런데 제 친구 상혁이는 어디 있습니까? 청신에 가 있겠다고 했었는데."

"상혁이는 돌아갔다."

"돌아갔다니요? 학관으로요?"

"아니, 운성에 잠시 들렀다 간다고 그저께 떠났다."

"얻어맞지나 않으면 다행일 텐데 허락하신 겁니까?"

"말려 봤으나 뜻이 확고했다. 운성의 아이 아니냐. 다 생각이 있어서 가겠다고 했겠지. 어서 들어오너라. 상원아! 서하 왔다."

약방에서 나오던 아버지는 나를 보며 빙긋 웃었다.

"왔구나. 몸은 괜찮냐?"

"약선님이 봐주셨습니다."

"하하하, 그럼 내가 볼 것도 없겠구나. 이거 더 건강해져서 온 거 아닌지 몰라."

"그럼요. 더 건강해져서 왔죠."

아버지는 쑥쓸하게 웃으며 나의 어깨에 손을 올리곤 말했다.

"무사해서 정말 다행이다."

내가 나찰을 죽였다는 소리를 들었을 때의 반응이 어땠을지 알 것만 같다.

순수하게 기뻐하는 할아버지와 놀라서 내 생사를 물었을
아버지.

그게 두 사람의 차이다.

나는 미소와 함께 말했다.

"다녀왔습니다."

내 첫 번째 방학은 이렇게 끝이 났다.

성무학관(星武學館).

8월의 열기에 모두가 얇은 옷만 입고 등교하고 있었다.

학생들이 돌아오면서 성무학관이 있는 수도의 외곽은 다
시 활기를 띠기 시작했고 상가는 바빠졌다.

"다시 시작인가?"

일주일 동안 몸에 좋은 걸 먹으며 푹 쉬었다.

다시 한 학기.

이번 학기에도 할 일이 많았다.

그렇게 생각할 때 뒤에서 누군가가 내 어깨를 두드렸다.

"안녕. 오랜만이야. 일찍 왔네?"

아린이가 환하게 웃으며 인사를 건네 왔다.

얇은 교복, 무릎 위로 올라오는 짧은 치마.

주변 풍경의 색감마저 바꿔 버릴 정도로 아름다운 모습에 잠시 넋이 나갔다.

"나야 뭐 가까우니까. 너야말로 일찍 왔네."

"빨리 보고 싶어서."

훅 치고 들어온 말이 심장을 가격했다.

이거 잘못하면 반해 버린다.

정신 똑바로 차리자.

"아…… 그래? 나도 그랬지."

그래도 아린이는 정신적으로 회복한 것만 같았다.

나찰의 피가 섞였다는 것에 풀이 죽어 있는 것보다는 훨씬
낫다.

"응. 근데 상혁이도 기다렸다가 같이 가자."

나는 고개를 돌려 상혁이를 찾았다.

저 멀리 한영수와 함께 있는 상혁이가 보였다.

여기까지 와서 뭐라고 하는 것일까?

"상혁아. 뭐 해?"

내가 다가가자 한영수가 화들짝 놀라며 뒤로 물러났다.

"뭘 그렇게 놀라냐? 너는."

"내가 뭘 놀랐다고 그러냐. 크흠."

한영수는 헛기침하더니 아린이에게 손을 흔들었다.

"아린이도 안녕. 오늘도 예쁘네."

"……."

아린이는 정색하며 고개를 끄덕여 주었다.

민망해진 한영수는 재빨리 말을 바꾸었다.

"그럼 알았냐? 잘 지내보자고. 이제는."

상혁이가 대꾸하지 않자 한영수가 상혁의 어깨를 치고는 멀어졌다.

"상혁아. 뭔 일이야?"

"아무것도 아니야. 그냥 뭐, 잡소리."

상혁이는 그렇게 말하고는 애써 밝게 말했다.

"그보다 오랜만이다. 내가 한 달 동안 천로를 거의 완벽하게 수련해 왔거든. 이따가 확인해 봐. 그나저나 너희 둘은 분위기 좋은데? 진도를 좀 나갔나?"

"진도는 무슨. 너 맨날 그런 생각……."

"응. 많이 나갔어."

아린이의 말에 상혁이가 나를 휙 돌아봤다.

"……진짜?"

"아닌데. 진짜 아무것도……."

"나도 천로 완성했고 부동심법도 감을 잡았으니까. 진도 많이 나간 거 맞지?"

나와 상혁이는 순수하게 말하는 아린이를 바라봤다.

아린이는 영문을 모르겠다는 듯이 눈을 깜빡이다가 말했다.

"수련 말한 거 아니야?"

"아아! 수련 말한 거야. 수련."

"맞아! 수련 진도가 많이 나갔지. 엄청 나갔어."

남자들 생각은 나이 불문하고 다 거기서 거기인 것만 같았다.

◆ ◈ ◆

약선님과의 수업 시간.

인간과 같은 모습의 나무 인형에 침을 놓던 나는 오늘도 머리를 얻어맞았다.

"빗나가지 않았느냐! 내가 이 환자는 중풍을 앓고 있다고 사전에 말했을 텐데. 그렇다면 본래 혈보다 1푼의 1푼만큼(0.03cm) 더 우측으로 찔러야 한다고 적어 놓지 않았느냐."

"……죄송합니다."

"이 우라질 놈. 재능은 무슨. 아무리 좋게 봐줘도 범인(凡人) 그 자체 아닌가."

"그래도 외우는 건 빠르지 않았습니까? 하하하."

"자만하지 말거라. 사람을 살릴 기회는 한 번뿐이다. 그 한 번의 기회를 네가 망칠 수도 있는 것을 결코 잊지 말거라."

의술이란 그런 것이다.

환자에게는 오직 단 한 번의 기회밖에 없고 그것을 내가 집도하는 것이다.

의술의 무게가 느껴지기 시작했다.

"네, 그러겠습니다."

"이제부터는 수련 속도를 올려야겠구나. 내가 비급을 가져왔다."

약선님은 내 앞으로 얇은 책자를 던졌다.

비급?

그 귀한 걸 지금 나한테 준단 말인가.

"복사본이니 빨리 외운 뒤 태워 버리거라."

"명심하겠습니다."

보통 비급은 가문의 후계자만이 가질 수 있는 것이었다.

어째서 약선님이 나에게 이토록 많은 것을 주시는 건지는 알 수 없지만 빨리 챙기자.

당장 내일 돌려 달라고 할 수도 있으니 오늘 당장 외워 버려야겠다.

"감사히 외우겠습니다."

"계속해서 경험을 쌓도록 하거라. 모순된 이야기지만 의원은 사람을 죽일수록 성장한다."

"무서운 말이네요."

"무서운 말이지. 언제나 살리기 위해 최선을 다해야 하지만 그와 동시에 많은 사람을 죽여 보거라. 그것이 성장의 지름길이다."

나는 그저 고개를 끄덕였다.

약선님에게는 미안하지만 그럴 생각은 없다.

'완벽해야지.'

완벽하면 사람을 죽이지 않고도 성장할 수 있을 것이다.

나는 완벽해야 한다.

한 번 살았던 삶을 다시 사는 존재니까.

◆ ◆ ◆

추석(秋夕)이 다가오고 있었다.

수확제라고도 불리는 이 축제는 왕국에서 가장 큰 명절 중 하나였다.

이 수확제는 곡물에만 해당하는 것이 아니다.

유망주들을 수확한다는 뜻이 있었기에 성무학관 또한 이 추석 3일 동안 여러 행사를 진행했다.

성무대전(星武對戰)은 그중에서도 가장 큰 행사로 신입생들의 대전인 소성무대전(小星武對戰)과 2학년, 3학년이 펼치는 대전인 대성무대전(大星武對戰)이 펼쳐진다.

신입생도 총괄 교관인 강무성은 곧 있을 이 행사 준비로 바빴다.

"아아, 짜증 나."

땡볕 더위 아래에서 강무성은 신경질적인 표정으로 말했다.

"도대체 내가 왜 이걸 해야 하는 건데? 도대체 왜! 짜증 제대로네."

상급 무사들은 어린 선인을 향해 고개를 저으며 묵묵히 자기가 할 일을 하고 있었다.

강무성이 이리도 난리치는 이유가 있었다.

바로 곧 있을 원정 때문이었다.

"경험을 쌓아도 모자랄 판에 여기서 이런 축제 준비나 하고 있다니."

동기인 이건하는 승승장구하는데 말이다.

그때 뒤에서 한 여자의 목소리가 들렸다.

"아하하하하! 진짜 행사 준비하고 있네?"

장난기 가득한 목소리.

미소로 가득한 귀여운 얼굴의 여자는 강무성에게 다가와 말했다.

"까꿍! 최효정이 왔습니다."

강무성의 첫사랑이자 끝 사랑.

최효정이 찾아온 것이었다.

강무성은 벌떡 일어나려다 뒤로 넘어지며 허우적거렸다.

"선인이 의자에서 뒤로 넘어가는 게 어디 있어? 완전 웃겨."

높은 목소리의 최효정.

25살의 나이임에도 아직 남아 있는 볼살. 분홍 입술이 매혹적이었으며 반달 모양의 눈웃음이 귀여웠다.

강무성이 멍하니 올려다보자 최효정이 그를 일으켜 세우며 말했다.

"일어나. 일어나. 쪽팔려. 상급 무사들 다 보고 있는데."

"어? 어. 그렇지. 아, 이거 참 민망하게. 하하하."

어색하게 웃던 강무성은 침을 삼키며 말했다.

"그런데 여긴 무슨 일이야? 나 보러 온 거야?"

"뭐 선생님들도 오랜만에 좀 보고. 겸사겸사."

"아, 겸사겸사. 그렇지."

강무성은 머쓱하게 웃고는 주변을 돌아보았다.

뭔가 말을 이어 갈 게 없을까?

같이 임무에 나갈 때는 그래도 공통적인 주제가 있어 이것저것 잘 말했던 거 같은데 말이다.

'이서하. 이 자식은 도와준다더니…….'

필요할 때는 코빼기도 보이지 않는 녀석이었다.

"그리고 나 이번에 임무 나가거든. 북대우림(北大雨林)으로. 알지?"

북대우림.

이 땅에서 가장 위험한 곳 중 하나라고 할 수 있다.

수도 북쪽의 이 거대한 우림은 대륙과 왕국을 나누는 큰 경계선 역할을 하고 있었다.

과거 전쟁에서 패한 나찰들이 숨어든 곳이었기에 마수가 많은 곳이었고 주기적으로 그 수를 줄여 줘야만 했다.

"원정 가는 건 알고 있었어. 그런데 북대우림이야? 거긴 왜?"

"마수가 숲에서 기어 나오기 시작했나 봐. 숫자 좀 줄여야지. 그냥 정기적인 사냥. 너도 같이 갔으면 좋았을 텐데, 이번에는 못 가겠네. 이거 바빠서."

강무성은 깊은 한숨과 함께 고개를 절레절레 흔들었다.

"말하지 마. 진짜 슬프다. 내가 어쩌다 이런 꼴이 되었는지."

"꺄하하하하! 제자들이나 잘 키워서 나중에 네가 부려 먹어. 좋게 생각해. 좋게. 좋게."

"이건하 그 자식도 가냐?"

"건하? 건하는 안 가는 거 같던데. 아쉽게도."

최효정은 입술을 삐죽 내밀며 아쉬운 표정을 지었다.

강무성은 씁쓸하게 그 모습을 보다 말했다.

"몸 조심히 다녀와. 아무리 그래도 북대우림인데. 방심하지 말고."

"당연하지. 내가 너보다 성적 좋았던 거 잊었어? 내가 수석이었어. 이 아저씨야."

성무학관을 다닐 때 최효정이 수석, 강무성이 차석이었다.

이 두 천재는 청신학관을 졸업한 이건하와 함께 무과에서 1, 2, 3등을 차지했다.

1등은 청신학관 출신 이건하였지만 말이다.

"그럼 나는 선생님들 보러 갈게. 너는 수고해라. 하하하!"

최효정이 강무성의 어깨를 툭 치고는 멀어졌고 강무성은 그런 그녀를 아련하게 바라봤다.

그때 강무성의 옆에서 누군가 말했다.

"소극적이시네요. 그래서는 효정 선인님이 봐 주질 않아요. 적극적으로 하셔야죠."

이서하.

머리 하나는 더 작은 서하를 보던 강무성은 제자의 머리를 때리며 말했다.

"네가 뭘 아냐? 이 꼬맹아."

"적어도 강무성 선인님보다는 잘 알죠."

서하는 미소를 지으며 말했다.

"이제 약속한 연애 작전을 시작할 때입니다."

빙긋 웃는 제자가 묘하게 믿음직스러운 강무성이었다.

강무성은 숙맥이다.

나는 멀리서 강무성과 최효정의 대화를 엿듣고 있었다.

"쯧쯧쯧. 완전 친구네. 친구."

연애를 시작하기에는 차라리 남남이 낫다.

오랫동안 친구로 지낸 사이는 쉽게 연인으로 발전하기 힘든 법이었다.

특히나 강무성처럼 인간관계에 있어 조심스러운 성격……

친구로라도 남았으면 좋겠다는 생각을 하고 있을 것이 분명했고, 그런 소심한 생각으로는 절대로 관계를 발전시킬 수 없다.

그러니까 죽기 직전에야 자기 마음을 표현하고 사귀었지.

저 연애 고자 놈.

내 지도가 좀 필요할 것만 같다.

난 강무성의 옆으로 다가가 말했다.

"소극적이시네요. 그래서는 효정 선인님이 봐주질 않아요. 적극적으로 하셔야죠."

순간 뒤통수에 충격이 가해졌다.

이 자식.

피할 수 없을 정도로 후려치는 걸 보니 진심이 담겨 있다.

"네가 뭘 아냐? 이 꼬맹아."

"적어도 강무성 선인님보다는 잘 알죠."

그래도 살아온 세월이 있는데 설마 저 숙맥보다 못할까.

"이제 약속한 연애 작전을 시작할 때입니다."

"그래, 들어나 보자."

"이럴 때일수록 강무성 선인님의 능력을 보여 주는 게 중요합니다."

"내 능력? 임무도 못 나가는데 뭔 능력을 보여 주냐?"

"바로 존경받는 교관으로서의 모습이죠."

"……."

"성무학관의 수석이자 청신의 미래인 저에게 존경받는 교관님이 되는 겁니다. 그럼 효정 선인님도 다르게 보지 않겠습니까?"

강무성은 날 벌레 보듯 바라보다 입을 열었다.

"……널 믿은 내가 병신이다. 내가 병신이야. 내가 15살짜리랑 무슨 말을 하는 건지 진짜."

"적어도 점수는 따겠죠."

나는 진지하게 말했다.

강무성은 그런 나를 바라보다 한숨과 함께 말했다.

"그래서 뭘 어쩌자고?"

미끼를 물어 버린 것이여.

나는 강무성을 향해 말했다.

"성무대전에서 제가 우승하는 겁니다."

"……."

"그리고 제가 전하 앞에서 이렇게 말하는 거죠. 이 우승은 전부 강무성 선인님의 훌륭한 가르침 덕분입니다. 이 제자. 평생 따르겠습니다. 이렇게."

"……."

"누이 좋고 매부 좋고."

"퍽이나 좋겠다."

강무성은 그 말을 끝으로 일어났다.

저기요. 강무성 씨?

설마 정말로 그냥 가 버릴 줄이야.

"선인님? 선인님!"

이건 진짜 계획이 아닌데 말이다.

일종의 낚시용 가짜 계획.

하긴, 내가 생각해도 너무 대충 만들기도 했다.

나는 멀어지는 강무성을 향해 달려갔다.

"기다려 봐요. 밑져야 본전 아닙니까? 선인님!"

이거 도와주기도 힘들다.

강무성과 최효정을 이어 주기 위한 나의 진짜 작전은 따로
있다.

그것은 성무대전이 아니라 그 전에 있을 사건을 이용하는
것이었다.

바로 북대우림 원정대 전멸 사건.

말은 전멸이라고 하지만 사실 사전적인 의미의 전멸은 아
니다.

전부 죽은 것은 아니었으니까.

당시 북대우림 원정대는 선인 10명과 무사 50여 명으로
이루어졌다.

선인 한 명당 5명의 상급, 중급 무사를 이끌고 작전에 따

라 정찰과 사냥 임무를 수행했다.

하지만 여기서 변수가 생긴다.

마수가 예상보다 훨씬 많았으며 나찰까지 존재했다.

모두 죽어도 이상하지 않을 상황이었으나 그나마 소수라도 살아남을 수 있었던 이유는 빠르게 움직인 이건하 덕분이었다.

근처에서 대기하고 있던 이건하는 원정대가 위험하다는 소식을 듣자마자 부하들을 이끌고 숲으로 향했고 전투 끝에 최효정을 구해 나왔다.

덕분에 이건하는 일약 영웅이 되었고 안 그래도 호감을 가지고 있던 최효정이 이건하에게 푹 빠지는 계기가 되었다.

나는 이것을 바꿀 생각이다.

마음 같아서는 미리 이 사실을 알리고 원정대의 출진을 막으면 좋겠지만 그랬다가는 정보의 출처까지 말해야만 한다.

대답 한 번 잘못했다가는 앞으로의 내 모든 계획이 틀어질 수 있기에 그렇게는 할 수 없다.

'미래가 크게 뒤틀리면 내 정보들이 소용없어질 수가 있어.'

어느 정도 대류는 흐르게 놔두고 그 안에서 중요한 몇 가지만 건져 내야 한다.

'무엇보다 이건하의 영향력이 커지는 건 좋지 않아.'

강무성과 최효정을 이어 주는 것도 중요했지만 그보다 더 중요한 건 이건하의 영향력을 조금이라도 줄이는 것이다.

나의 사촌 형이었으나 그가 영향력을 키워서 한 짓이라고는 내전뿐이었으니 말이다.

이건하의 영향력도 줄이고, 최효정이 이건하에게 반하는 계기도 없애고, 강무성까지 내 편으로 만들 완벽한 기회.

내가 미래를 바꾼 덕분에 원정대에서 강무성이 빠진 것도 나에게는 천금 같은 기회가 되었다.

원래대로라면 강무성도 저 숲속에 고립되었을 테니 말이다.

"북대우림 앞에서 수련하죠. 사람들도 별로 없어서 특혜 논란도 없을 테고요. 그게 가장 좋은 거 같아요."

"너 혼자 해라. 나 바빠. 안 보이냐? 축제 준비하는 거."

"에이, 상급 무사님들이 다 하는데. 선인님 짜증만 부리고 있던데 도움 안 되는 거 아닙니까?"

"총괄! 총괄이니까 일을 안 하지. 나는 지시 내리는 게 일이야. 그리고 내가 한눈팔다가 뭐라도 잘못되면 다 내 책임인데 대제학님한테는 네가 혼날래?"

"제가 혼나죠. 뭐."

"말을 말자. 좀 가라."

"수련해 주실 때까지 안 갈 겁니다."

억지 좀 부리자.

15살이 좋은 게 뭐냐?

억지 부려도 되는 나이 아니냐.

예쁜 나이 15살.

강무성은 지겹다는 듯이 바라보다 말했다.

"근데 왜 하필이면 북대우림이냐? 눈에 안 띄고 싶으면 실내에서 해도 되잖아."

"거기가 기가 좋아요. 풍수지리학적으로 터가 좋다니까요."

"……어떻게 철혈님 밑에서 이런 이상한 놈이 나온 건지. 참."

"한 번만 믿고 해 주세요. 진짜 이번에 효정 선인님이랑 가깝게 만들어 드릴게요."

"알았어. 알았어. 수련하고 싶다는 놈한테 하지 말라고 할수는 없지. 효정이 때문에 하는 거 아니니까 이상한 짓은 하지 말고. 알았냐?"

나름 교관으로서 사명감도 있는 강무성이었다.

"물론이죠! 역시 우리 선인님. 겉은 까칠해도 속은 부드러운 그런 남자."

"원하는 거 얻었으면 좀 가라. 나 할 일 많아."

"그럼 저녁에 뵙겠습니다."

나는 허리를 숙여 인사를 한 뒤 밖으로 나왔다.

"겨우 됐네."

결과적으로 강무성은 나의 은인이나 다름없었다.

그가 조 뽑기에서 조작해 주지 않아 아린이와 조를 짤 수 없었다면 나는 백두검귀에게 쓱싹 목이 잘렸을 테니 말이다.

이제 그 은혜를 크게 갚아 보자.

고마워서 눈물을 흘릴 정도로 말이다.

Chapter 11.

Chapter 11.

수도 천일성.

이건하는 넓은 궁을 걷고 있었다.

서하와 비슷한 생김새.

능글능글한 이장원과도 닮았고 이강진의 다부짐도 닮았다.

두 모순적인 요소가 섞여 남녀 모두 한 번은 돌아볼 수밖에

없는 묘한 분위기를 자아냈다.

이건하는 쳐다보는 궁녀들을 뒤로하고 연무장으로 향했다.

연무장에는 젊은 남자가 야수처럼 검을 휘두르고 있었다.

잠시 뒤 수련이 끝난 그는 땀을 닦으며 말했다.

"이제 왔냐? 왜 이렇게 늦었어?"

"죄송합니다. 최대한 빨리 온다고 왔는데 늦었네요."

남자는 피식 웃었다.

귀티 나는 얼굴.

늑대의 상(像)을 가진 남자는 수건을 집어 던지고는 이건하에게 다가가며 말했다.

"은월단에서 네가 활약할 판을 깔아 준다는 연락이 왔다. 들어와. 자세한 이야기를 해야 하니까."

"네, 왕자님."

제2 왕자.

신태민.

이건하와 동갑인 그는 오래전부터 무과에서 장원급제한 이건하를 옆에 끼고 다녔고 이건하는 그런 신태민의 오른팔이 되어 활동 중이었다.

"이번 북대우림 원정에서 나찰과 마수로 원정대를 습격해 준다고 하더군. 적당히 생존자를 남겨 놓을 테니 네가 가서 구하라면서 말이야."

"그렇군요. 언제쯤입니까?"

"거사일은 원정대가 우림에 들어가고 나서 이틀 뒤야. 미리 그 근처에 가 있을 구실 만들어."

"알겠습니다."

이건하는 고개를 끄덕였다.

두 사람은 큰 그림을 그리고 있었다.

원래 다음 왕이 돼야 했을 신태민의 아버지는 젊은 나이에 전장에서 돌아가셨다.

왕국은 난리가 났고 바로 다음 태자를 책봉해야 한다는 말이 나왔다.

그 이후 자연스럽게 태자의 자리엔 신태민의 형이자 제1왕자인 신유민이 앉았다.

신태민은 그게 마음에 들지 않았다.

고작 2년 늦게 태어났다는 이유로 서열에서 밀렸다는 것을 인정할 수 없었다.

하지만 형을 밀어내기에는 신태민의 세력이 너무나도 약했다.

나이 있는 문무관들은 대부분 할아버지의 말에 따라 신유민을 지지했다.

세력을 어떻게 키울지 고민하던 중 은월단이 먼저 접근해 왔다.

왕을 만들어 줄 테니 그 대가로 벼슬을 달라는 것.

지도자의 정체조차 밝히지 않는 수상쩍은 단체였으나 신태민은 지푸라기라도 잡고 싶은 상황이었다.

신태민은 일단 은월단의 손을 잡았다.

도움이 되면 좋은 거고, 안 되면 그때 잘라 내도 늦지 않을 테니까.

하지만 은월단은 생각보다 일을 잘해 주었다.

은월단의 정보로 신태민과 이건하는 몇몇 영웅적인 활약을 할 수 있었고 덕분에 지금은 대부분의 젊은 무관들의 지지를 얻고 있었다.

"그리고 원정대에서 살리고 싶은 사람이라도 있으면 지금 말해. 내가 전해 줄게."

순간 이건하의 머릿속에 최효정이 스쳐 지나갔다.

자기를 좋아한다며 손수건까지 직접 짜 준 여자.

실력은 괜찮은 편이다.

건하와 같은 나이에 선인에 오른 것만으로도 어느 정도 실력이 있다고 할 수 있었다.

그렇다면 굳이 살려야 이용할 가치가 있을까?

가만히 생각하던 이건하는 고개를 끄덕였다.

"최효정 선인은 살렸으면 좋겠군요."

"너랑 동기 아닌가? 그 최효정."

"네, 맞습니다."

"그래도 동기라고 살리고는 싶나 봐? 그런데 우리 여자 끼고 놀 시간 없다. 알지?"

"제가 좋아하는 것이 아닙니다. 최효정 선인이 절 좋아합니다."

"그래서?"

"이용할 수 있겠죠. 그 감정을."

몇몇 사람은 사랑에 목숨도 걸었다.

"그래, 최효정 선인은 웬만하면 살리라고 해 두지."

"감사합니다."

이건하가 나가고 신태민은 미소와 함께 눈앞의 과자를 먹었다.

"저래서 마음에 들어."

이건하는 오직 목표를 위해 행동했고 그것이 가장 큰 강점이었다.

어쨌든 이번 일이 잘 풀린다면 이건하는 바로 홍의선인, 혹은 청의선인이 될 수 있을 것이다.

"누군지는 몰라도 참 똑똑하단 말이야."

일단 영웅이 되어라.

그러면 추종자는 저절로 따라올 것이다.

은월단의 단장이 만들어 준 작전은 아주 잘 먹히고 있었다.

"그럼 우리 단장님한테 답장을 적어야지."

신태민은 미소와 함께 종이와 붓을 들었다.

점심시간.

오늘의 메뉴는 냉면이었다.

여름이라면 얼음 동동 띄운 냉면 한 그릇을 먹어야 하지 않겠는가?

회귀 전에는 먹고 싶어도 못 먹던 음식이다.

난 그렇게 정신없이 밥을 먹다 은근슬쩍 말했다.

"나 오늘부터 며칠간은 강무성 선인님이랑 같이 수련하기로 해서 저녁에는 없을 거야. 너희들은 천로 2, 3번 돌리고 강로 되는 대로 수련해. 알았지?"

"그래, 다녀와."

상혁이는 순순히 고개를 끄덕였지만 아린이는 화들짝 놀라며 말했다.

"둘이서만? 나도 같이 가면 안 돼?"

"너는 부동심법 해야지."

"응. 그렇긴 한데……."

아린이는 입술을 삐죽 내밀었다.

조급한 건 이해가 간다.

나는 아린이를 안심시켜 주기 위해 말했다.

"괜찮아. 부동심법은 혼자서도 잘할 수 있을 거야. 기준만 잘 잡으면 돼."

"기준은 이미 생각해 놨어."

"진짜? 기준은 뭐로 정했어?"

기준을 아는 것은 중요하다.

예를 들어 수도승들은 경전(經典)을 기준으로 삼고 부동심법을 수련한다.

예를 들어 분노하지 말라는 말이 경전에 적혀 있다면 눈앞에서 부모가 죽어도 분노하지 않는 것이다.

반대로 적을 말살하라는 말이 적혀 있다면 남녀노소 가리지 않고 적을 도륙한다.

죄책감 하나 없이 말이다.

이렇듯 부동심법의 기준은 그 사람의 성향, 행동, 생각마저 모두 바꿔 버리기에 기준을 잘 잡아야만 했다.

아린이는 잠시 생각하더니 말을 아꼈다.

"그건 나중에 말해 줄게."

"그래. 뭐 나쁜 기준만 아니면 돼. 단순한 것이 좋아. 오히려 복잡한 기준이면 모순이 일어나 수련이 힘드니까. 예를 들면 살인을 하지 않겠다. 이런 단순한 기준만 있어도 네 힘을 억누를 수 있겠지."

단순한 기준일수록 모순이 없다.

모순은 부동심법을 익히는 이들에게 있어 가장 힘들어하는 것이었다.

예를 들어 수도사들의 경전에는 살생하지 말라는 말이 적혀 있다.

그리고 동시에 악에게서 선을 지키라는 말 또한 적혀 있다면 여기서 모순이 일어난다.

산적이 민간인을 공격한다면 이 산적을 죽여도 되는가?

악에게서 선을 지키기 위해서는 죽여야 할 것이다.

하지만 살생을 해서는 안 된다.

이런 모순에 대해 명확한 답을 내지 않는 한 부동심법은 결코 익힐 수 없었다.

나의 조언에 아린이는 젓가락을 물며 말했다.

"응. 엄청 단순해."

그렇다면 안심이다.

"그럼 금방 하겠네. 일단 나는 가 볼게. 늦으면 강무성이 난리 친다. 난리 쳐."

나는 먼저 식판을 들고 일어났다.

늦으면 괜히 잔소리만 들을 것이다.

난 강무성과의 수련 시간도 낭비할 생각이 없었다.

'지쳐 쓰러질 때까지 대련해야지.'

선인과 일대일로 대련할 기회는 흔치 않다.

이번 기회에 실전 경험을 최대한 많이 쌓을 생각이었다.

북문에 도착해 조금 기다리자 강무성이 도착했다.

강무성은 한숨과 함께 말했다.

"꼭 북대우림까지 가야겠냐? 가는 데도 한 시진은 걸릴 텐데."

"경공 수련이라고 생각하죠."

"그래? 수련이라고?"

"네. 앞장서시죠."

강무성은 피식 웃고는 앞으로 걸어 나갔다.

저 인간.

전속력으로 달릴 생각이다.

"그럼 반 시진 안으로 간다."

아까는 한 시진 걸린다며?

남자가 한 입으로 두말…….

내 생각이 끝나기도 전에 강무성은 쏜살같이 달려 나갔다.

"출발 정도는 말해 주지."

경공 수련도 제대로 할 수 있을 것만 같다.

◆ ◈ ◆

아린은 떠나는 서하를 바라보다 상혁이에게 말했다.

"너는 오늘 신로심법만 할 거야?"

"응? 아, 오늘은 다른 수련 좀 하려고. 미안. 나도 먼저 가
볼게."

방학이 끝나고 상혁이는 예전처럼 매일 붙어 지내지 않았
다.

물론 밥도 같이 먹고, 쉴 때도 함께했지만 웃으며 장난치던
전과는 달랐다.

유아린은 식당 밖으로 나가는 상혁이를 보다 고개를 갸웃
했다.

"바쁘구나."

미묘한 차이를 알아내기에는 사회 경험이 없는 유아린이

었다.


연무장

유아린은 구석에 혼자 자리를 잡고 앉았다.

부동심법의 기준.

그 기준을 정하는 것은 어렵지 않았다.

서하의 말처럼 단순하고 명료한 기준.

그녀가 정한 기준은 바로 '이서하'였다.

'서하라면 기준이 되어도 좋을 거야.'

옆에서 본 서하는 완벽한 사람이었다.

실력에 걸맞은 인성을 가지고 있었고 무엇보다 2번이나 그에게 구원받았다.

특히 두 번째에는 화강 전체가 구원받은 셈이었다.

그때 결정했다.

완벽한 기준이 떠오르지 않는다면 그 기준을 완벽한 인물로 잡기로.

물론 이서하가 이 사실을 알았다면 절대로 그런 기준을 세우지 말라고 말렸을 테지만 말이다.

"시작하자."

유아린은 눈을 감았다.

부동심법을 수련하는 데 있어 가장 중요한 것은 모순 없는 기준과 맹목적 믿음.

유아린은 그 두 가지를 전부 갖추고 있었다.

그렇게 유아린은 자신만의 기준을 만들어 나가고 있었다.

◆ ◈ ◆

노을 진 북대우림이 보였다.

여름이 되어 해가 길어진 덕분이었다.

보통 원정을 여름에 가는 이유도 이것이었다.

마수들은 밤이 되면 더 강해진다.

태양이 오래 떠 있는 여름은 인간들에게 유리했다.

"이쯤이면 되겠냐? 저기가 북대우림으로 들어가는 입구야. 입구가 꼭 보여야 한다니 누굴 놀리는 것도 아니고……."

"놀리다뇨? 무슨 일 있으십니까?"

당연히 강무성 입장에서는 좀 그럴 것이다.

내가 성무학관 입학시험을 치르지 않았다면 최효정과 함께 북대우림 원정을 떠났을 테니 말이다.

하지만 결국 나에게 고마워하게 될 거다.

구원 요청을 가장 먼저 들을 수 있을 테니까.

"아니다. 그래서 뭘 도와줄까?"

"실전 경험입니다. 제가 실전 경험이 많지 않아서요."

새빨간 거짓말입니다. 여러분!

나는 이 땅에서 가장 많은 경험을 가진 무사일 것이다.

회귀 전에는 얼마나 많은 전투를 치렀던가.

유리할 때도, 불리할 때도, 혼자 다수를 상대한 적도, 강력한 적을 동료들과 상대한 적도 많다.

온갖 지형에서 온갖 유형의 전투를 해 왔다.

하지만 그건 회귀 전의 이야기.

나는 완전히 다른 무공을 사용하고 있었고 일검류와 낙월검법은 백전노장인 나에게도 완전 새로운 것들이었다.

이것을 완벽하게 실전에서 사용할 수 있으려면 나보다 강한 사람과 대련해야 한다.

'할아버지랑 하면 좋겠지만.'

그랬다가는 몸이 남아나지 않을 테니 강무성으로 만족하자.

"그냥 대련이면 되는 거냐?"

"네, 대련 방식은 목검으로 하죠. 그냥 하는 것도 재미없으니까 내기라도 걸까요?"

"너랑 내가 내기가 되겠냐?"

강무성이 콧방귀를 뀌었다.

승부욕이 강한 사람이다.

조금만 긁어 줘도 내기에 응할 것이다.

"왜요? 자신 없으세요?"

"내기를 어떻게 하게? 들어나 보자."

"이건 어떻습니까? 무성 선인님은 제 심장, 머리에 공격을 성공시켰을 때만 점수를 얻는 거로 하죠. 반대로 저는 어디를 공격하든 성공하면 점수를 얻는 거로."

"괜찮네."

한마디로 나는 손가락만 스쳐도 득점.

강무성은 내 머리와 심장만을 노려야 한다는 소리였다.

"그렇게 먼저 10점을 얻는 쪽이 승리하는 거로 하죠."

"뭘 걸 건데?"

"팔굽혀펴기요. 딱 10번만 하는 거로 하죠."

"별거 없네? 그거야 항상 하는 수련이잖아."

"정확히는 상대가 숫자를 세 주는 팔굽혀펴기죠."

"그래, 알았다. 알았어. 난 또 뭐 대단한 벌칙이라도 생각한 줄 알았네."

강무성은 가장 중요한 부분을 흘려들었다.

후회할 텐데?

"그럼 시작하자."

강무성은 자세를 잡았다.

나를 얕보는 눈치는 아니었다.

하지만 이제 얕보지 않아도 내 공격을 완벽하게 피하기는 힘들 것이다.

특히나 강무성이 승리하기 위해서는 내 머리, 혹은 가슴을 노려야만 했다.

노림수가 뻔한 공격은 반격하기도 쉽다.

"몸에 내공 잘 둘러라. 어디 부러졌다고 울지 말고."

"걱정도 팔자셔라."

내 말이 끝나기가 무섭게 강무성이 나를 향해 검을 내질렀다.

나는 공시대보(攻時待步)를 사용해 피한 뒤 강무성의 팔을 향해 검을 내질렀다.

하지만 강무성은 쉽게 피하며 말했다.

"뻔해. 이놈아."

그리고는 내 머리를 노린다.

나는 고개를 슬쩍 틀며 강무성의 발가락을 노렸다.

퍽! 하는 소리와 함께 강무성의 목검이 나의 어깨를 때렸고 동시에 나의 검이 그의 발가락을 스쳤다.

"아싸! 1점!"

발가락에 스치는 느낌이 정확하게 났다.

"어깨 맞고 발가락 스쳐 놓고 엄청 좋아하네. 원래 대결이었으면 네가 진 거야. 팔 그대로 잘린다."

"그렇겠죠. 하지만 지금은 아니지 않습니까? 머리가 아니라 어깨라서 선인님은 점수 없습니다."

"……쯧. 알았다. 알았어. 너 1점 가져가."

"좋습니다."

조금 얍삽했지만 일단 이기고 보자.

지는 건 싫으니까.

다시 시작한 대련.

나는 서로의 초식을 나누다 강무성이 공격하는 타이밍에 맞추어 그의 손가락, 어깨, 발가락 같은 방어하기 힘든 곳을 노렸다.

물론 그럴 때마다 복부, 허벅지같이 급소나 다름없는 부위를 공격당했지만 상관없다.

그래 봤자 점수는 내 차지니까.

그렇게 총 12번의 대련이 진행되었고 결과는 10:2로 나의 승리였다.

강무성은 당황한 얼굴로 머리를 쓸어 올렸다.

"와…… 이거 열 받네."

"자, 팔굽혀펴기 10번입니다."

"한 번 더 한다. 알았냐?"

"물론이죠. 한 번으로 끝내면 섭섭하죠."

강무성은 빠르게 자세를 잡은 뒤 팔굽혀펴기 10번을 했다.

누가 선인 아니랄까 봐 완벽한 자세다.

강무성은 바로 일어나더니 말했다.

얼굴이 살짝 붉어진 게 제자 앞에서 팔굽혀펴기한 게 창피한가 보다.

근데 어쩌냐?

이게 끝이 아닌데.

"뭐 하세요?"

"뭐? 방금 팔굽혀펴기했잖아."

"아니, 아니. 아직 안 한 거죠."

"방금 했잖아. 못 봤어?"

"제 말을 잘 들으셨어야죠. 저는 상대방이 세 주는 팔굽혀 펴기라고 했습니다."

"……."

"저는 하나도 안 셌어요."

"죽을래?"

"아뇨. 죽기 싫습니다. 벌칙이나 빨리하시죠."

"안 한다면?"

"그럼 복수도 못 하시겠죠. 벌칙 하실 때까지 재대련은 없습니다."

"그래? 좋아. 그래. 어디 한번 해보자."

강무성은 다시 자리를 잡은 뒤 한 번 내려갔다 올라왔다.

"방금 했잖아. 빨리 숫자 세라."

"에이, 조금 더 내려갔어야 하는데. 그리고 반동으로 올라 오면 안 되죠. 완전히 멈췄다가 올라와서 근육 딱 조이고. 이렇게 팔굽혀펴기하면 효과 없어요."

"……너 그러다 진짜 죽는다."

"다시 내려가 보세요. 그래야 재대련하죠."

"후우. 다 하고 보자."

강무성이 아래로 내려가고 나는 한참 있다가 말했다.

"올라가면서 하나."

"후, 나 진짜 어이가 없어서……."

강무성은 어이가 없는지 웃었다.

"그래, 그래. 그렇게 하자는 거지? 좋아."

"에이, 밀어면서 히니끼 호흡이 안 되지 않습니까? 아직 하나."

"후우."

그렇게 나의 억지 속에 10번이 끝나고 강무성은 바로 목검을 들었다.

살기가 느껴진다.

찔려 죽을 것만 같은 살기다.

그래.

이게 바로 내가 원했던 것이다.

아주 만족스럽다.

'대련은 이래야지.'

이전 대련에서 강무성은 진심이 아니었다.

아마 자기가 지는 일은 절대 없으리라 생각했을 것이다.

까마득한 후배, 그것도 서류상 제자한테 농락당할 줄은 몰랐겠지.

어쨌든 그의 살기를 끌어내는 데는 성공했다.

자고로 대련이란 서로 죽일 마음으로 해야 효과가 있는 것이다.

서로 적당히 합이나 맞추면 그게 무슨 수련인가?

"자! 시작하시죠."

그 순간이었다.

강무성이 내 눈앞으로 순간이동 하듯 날아왔다.

'어?'

아니, 아무리 그래도 이건 너무 진지하잖아.

잠깐……!

강무성이 목검이 내 이마를 때렸다.

"아, 죽겠다."

그 뒤로 10번 정도 더 대련했고 나는 10연패를 기록했다.

낙월검법을 사용했다면 그래도 비등하게 싸웠겠지만, 아직 일검류만으로는 진심으로 덤벼 오는 강무성을 이길 수가 없었다.

거기다 꼬장은 또 얼마나 부리는지.

턱이 땅에 닿지 않았다고 숫자를 안 세 주는 건 또 뭐람.

턱이 닿으면 가슴이 닿았다고 뭐라고 하고.

내가 주격턱이라도 되어야 한다는 거야 뭐야?

그래도 실전 경험은 많이 쌓았다.

강무성의 진심 어린 공격에 적응되면 적어도 어디 가서 맞고 다니지는 않을 정도가 되리라.

'낙월검법만 사용하면 바로 비슷한 수준까지 끌어올리겠지만…….'

하지만 수명이 줄어든다는 치명적인 단점이 있는 만큼 남용힐 수는 없었다.

웬만한 인간과 싸울 때는 순수 실력으로 이길 수 있어야 한다.

그렇게 하루가 지나고 나는 아린이의 옆에 앉아 수업을 들었다.

아린이는 내 이마를 보더니 말했다.

"멍들었네? 이거 뭐야? 이마 한가운데가 파래."

"대련했거든. 강무성 선인님이랑. 아주 사정없이 때리시더라."

"약선님한테 약 받아 와야겠다. 내가 금방 가져올게."

수업이 코앞인데 지금 간다고?

나는 벌떡 일어나는 아린이의 손을 잡았다.

"아니, 아니. 나중에. 내가 가서 받을게. 나도 약선님이랑 수련하잖아."

"그랬지. 맞아. 알았어."

아린이는 계속해서 내 이마만 힐끗힐끗 보았다.

저 눈빛만으로도 상처가 나아가는 느낌이다.

그보다 상혁이 녀석의 표정이 좋지 않았다.

학문 수업 시간에는 항상 표정이 좋지 않았으나 이번에는
분위기가 달랐다.

'무슨 일이 있었구나.'

운성에서 무슨 일이 있던 것이 분명했다.

'한상혁이 성무학관에 들어온 건 나 때문이니까.'

미래가 바뀐 것이다.

이렇게 되어 버리면 운성에서 무슨 일이 있었는지 내가 알
아낼 길은 없다.

이것이 내가 최대한 미래를 건드리지 않고 일을 해결하려
는 이유였다.

미래가 바뀌면 내가 아는 정보도 바뀌니 계획을 세울 수가
없다.

그렇기에 어쩔 수 없는 부분은 바꿔 버리고 포기할 부분은
과감히 포기해야만 했다.

"뭔 일 있냐? 표정이 안 좋은데."

"어? 아 그냥 수업이 어려워서."

"운성에 다녀왔다며. 거기서 무슨 일 있던 거 아니야?"

"뭐 그냥. 항상 똑같지. 무시당하는 거야."

"힘든 일 있으면 말해라."

나는 상혁이와 눈을 마주하며 말했다.

"무슨 일이 있어도 난 네 편이니까."

"……그래. 무슨 일 있으면 말할게."

상혁이가 고개를 끄덕일 때 선생님이 들어왔다.

분명 무슨 일이 있는데…….

걱정하지 말자.

상혁이는 의리 빼면 시체인 녀석이다.

내가 그를 도와주는 깃도 의리를 위해 목숨까지 버릴 수 있는 인물이기 때문이다.

'말해 주겠지.'

무슨 일이든 상혁이는 나에게 말해 줄 것이다.

일단 그렇게 믿으며 눈앞에 닥친 사건부터 해결하자.

북대우림(北大雨林).

해가 중천에 떠 있음에도 숲속은 어두웠다.

최효정은 부하들과 함께 천천히 이동했다.

이번 원정은 총 4박 5일의 일정이었다.

최효정은 맡은 지역을 걸어가며 말했다.

"다들 조심해. 어디서 뭐가 나올지 몰라."

그녀의 팀은 3명의 상급 무사와 2명의 중급 무사로 이루어져 있었으며 성비는 여자 셋, 남자 둘이었다.

부조장을 맡은 상급 무사. 김규연이 말했다.

"애들 완전 얼었네. 하긴 북대우림은 처음일 테니까. 그런데 강무성 선인님이 뭐라고 안 해? 이번에 같이 못 왔잖아."

27살의 상급 무사.

김규연은 2살 어린 최효정과 절친한 사이였다.

먼저 선인이 된 것은 최효정이었으나 같이 중급 무사를 지낸 적도 있는 만큼 주변에 사람들이 없을 때는 허물없이 지냈다.

"그냥 아쉬워하던데. 무성이는 왜?"

"아니, 그냥. 좀 특별하게 아쉬워했을 거 같아서."

"그렇지. 홍의선인이 되고 싶어 하니 원정 한 번 한 번이 소중할 텐데 말이야."

"그런 말이 아닌데. 너 일부러 모르는 척하는 거지?"

"내가 뭘?"

최효정은 빙긋 웃으며 숲속으로 들어갔고 김규연은 어깨를 으쓱했다.

"모르는 척하는 거 맞네. 참, 무성 선인도 힘든 길 가네."

숲 안으로 진입하자 확실히 마수들이 늘어난 느낌이 들었다.

최효정은 앞에서 달려오는 검은 늑대를 발견하고는 외쳤다.

"거흑랑! 사냥 준비!"

거흑랑(巨黑狼).

거대한 검은 늑대라는 뜻이었다.

보통 늑대보다 2배는 컸고 최소 5마리씩 무리를 지어 다니기 때문에 사냥하기 까다로웠다.

최효정은 맨 앞에서 달려드는 거흑랑 둘을 베어 넘긴 뒤 말했다.

"둘이서 하나씩 잡아! 방심하지 마라!"

최효정의 명령대로 그녀의 조원들은 바로 둘씩 짝을 지어 전투했다.

선인인 그녀는 세 마리를 동시에 상대했고 나머지 2마리를 중급 무사들이 조를 지어 상대했다.

중급 무사들은 조금 고전했지만 그래도 2명이 한 마리를 상대하는 것이다.

최효정은 부하들이 거흑랑을 처리할 때까지 기다려 주었다.

후배들에게 실전을 경험시켜 주는 것이었다.

"잘했어. 마수를 상대할 때는 둘이 상대하는 게 좋아. 한 명이 시선 끌 때 뒤에서 공격하는 것만으로도 쉽게 처리할 수 있으니까. 인간끼리 싸우는 게 아니니까 자존심 세우며 일대일 고집하지 마. 알았어?"

"네. 선인님."

아직 20대 초반의 어린 무사들을 보던 최효정은 빙긋 웃으며 김규연에게 말했다.

"이거 언니가 나 처음 들어왔을 때 말해 준 거다. 기억나?"

"그때는 네가 선인이 될지 몰라서 잘난 척 좀 했었지. 창피하니까 말하지 마."

"히히. 모두 긴장 풀지 말고. 다시 이동하자!"

최효정은 부하들을 이끌고 숲 안쪽으로 이동했다.

그리고 그것을 한 남자가 보고 있었다.

"흐음. 저게 최효정인가 보네."

작은 뿔 하나를 가진 남자는 높은 나무 위에서 최효정 일행을 바라보았다.

나찰. 아티카.

은색 머리와 예쁘장한 얼굴에 하늘거리는 얇은 백의를 입고 있었다.

우락부락하던 네르갈과 달리 아티카는 어린 소년의 느낌이 났다.

"저 여자만 살리면 되는 건가?"

반대로 말하면 나머지는 다 죽여도 된다는 소리였다.

아티카는 미소를 지으며 말했다.

"기대되네."

숲이 비명으로 가득 차는 그날이 기대돼 미칠 것만 같았다.

강무성과 수련을 시작한 지도 벌써 꽤 지났다.

드디어 대련 중 내가 승리하는 순간이 종종 나오기 시작했다.

그래 봤자 10번 중 한 번 이기는 정도였지만 그거라도 어딘가?

팔굽혀펴기 갑질을 할 수 있는데 말이다.

"더 내려갈 수 있습니다! 아직 밑에 공간 있어요!"

"없어! 없다고! 이미 가슴 닿았잖아!"

"아, 닿았으면 어쩔 수 없네요. 아직 한 번."

"죽는다. 진짜."

"그 죽는다는 소리 이번으로 딱 100번째입니다."

그만 놀리자.

놀릴 때는 좋지만 내가 벌칙을 받을 때도 생각해야 하니까.

"노는 건 여기까지 하고 빨리하죠. 그냥 9번 하고 일어나세요."

강무성은 이를 갈며 말했다.

"아주 고맙구나."

"뭘요. 이 정도야. 하하하."

갑질에는 갑질로 갚아 줄 뿐인데 말이다.

아, 이거 내가 먼저 시작했지.

그렇게 강무성이 빠르게 팔굽혀펴기를 할 때였다.

"강무성?"

저 멀리서 누군가 걸어왔다.

너무나도 오랜만에 보는 얼굴.

바쁘다는 핑계로 청신산가(靑申山家)에도 얼굴을 보여 주지 않던 나의 사촌 형.

이건하였다.

이건하의 뒤로는 무사들이 20명은 있었다.

중무장한 이들을 보자마자 난 알 수 있었다.

'오늘이구나!'

오늘이 바로 북대우림 원정대 전멸 사건이 일어나는 날이었다.

이유는 모르겠지만 이건하는 북대우림 근처에서 순찰하고 있었고 덕분에 가장 빠르게 원정대 구조에 나설 수 있었다.

의심스러운 부분이 많았으나 어쨌든 기록은 그러했다.

그런데 지금 의심이 확신으로 변했다.

'전원 제대로 무장하고 있네.'

마치 일이 벌어지리라는 것을 아는 것처럼.

모두 완벽한 무장을 하고 있었다.

누가 봐도 순찰하러 나온 이들이 아니었다.

저렇게 물과 식량, 거기에 의료용품까지 바리바리 싸 들고 순찰하는 바보들은 없을 테니까.

강무성은 벌떡 일어나며 말했다.

"뭐야? 이건하? 네가 왜 여기 있나?"

"그건 이쪽이 묻고 싶네. 넌 여기서 뭐 하는 거지?"

"보다시피 제자와 수련 중이다. 여기. 네 동생."

강무성은 나를 가리키며 옆으로 물러났다.

나는 미소와 함께 사촌 형에게 인사를 건넸다.

"안녕하십니까? 건하 형님. 저 서하입니다."

"이서히?"

이건하는 살짝 생각하더니 고개를 끄덕였다.

"아아, 그래. 청신에서 성무학관 입학자가 나왔다더니 너였구나."

"네, 오랜만입니다. 이게 몇 년 만인가요?"

"글쎄."

이건하는 귀찮다는 듯 대답한 뒤 강무성에게로 시선을 돌렸다.

"성무학관도 수준이 많이 떨어졌구나. 네가 교관이고, 저 덜떨어진 놈이 수석이라니."

"……뭐 인마? 저 녀석이 덜떨어진 건 맞지만 나 정도면 훌륭한 교관이지. 너랑 나랑 무과 점수 차이도 거의 없었어."

"난 수석이고 넌 3등이었지. 차석도 아니고 3등."

"쯧."

잠깐만.

내가 덜떨어진 건 인정해 버리는 거냐?

좋든 싫든 네 제자라고. 강무성아.

"그래. 좋은 교관이라고는 해 주지. 그럼 나는 바빠서 이만."

이건하는 그렇게 말을 끝내며 사라졌고 강무성은 치를 떨었다.

"으, 재수 없는 놈. 그럼 나는 이만~. 이러고 있다. 쯧."

"그러게요. 재수 없네요."

"네 사촌 형 아니냐? 그렇게 말해도 돼?"

"저한테 덜떨어진 놈이라고 하는 놈한테 무슨 말을 못 합니까? 그리고 전에도 말했지만 전 선인님 편입니다. 그걸 잊지 마세요."

"그건 마음에 드네."

"꼭 최효정 선인님과 이어 드리죠."

"……기대도 안 한다. 인마."

나는 슬쩍 고개를 돌려 숲을 바라보았다.

어쨌든 오늘이 확실하다.

'이건하보다 강무성이 더 먼저 최효정을 구해야 한다. 다른 사람들도 구할 수 있으면 더 좋고.'

그러기 위해서는 더욱 숲에 가까이 갈 필요가 있었다.

"우리 숲이나 가 볼까요?"

"아서라. 마수라도 나오면 너 오줌 지린다."

"제가 백두검귀도 죽인 거 모르십니까?"

"아, 그랬었지."

강무성은 고개를 끄덕였다.

"그럼 가까이 한번 가 볼래? 기분이다. 뭐가 나와도 내가 지켜 주마."

"오오! 참된 스승."

"참된 스승은 무슨."

강무성은 숲으로 걸어가기 시작했다.

숲 앞에서 있다 보면 언젠가 누군가 나와 지원 요청을 할 것이었다.

아니나 다를까.

숲 입구에 도착할 때였다.

"숲 입구는 한 곳이야. 이 입구를 기준으로 지도를 만들었으니 웬만하면 여기로 들어가는 게 좋지. 너도 나중에……."

"……지원! 지원!"

숲 안쪽에서 간절한 외침이 들려왔다.

딱 시기적절하다.

"……뭐야?"

강무성은 피투성이의 남자를 발견하고는 숲속으로 뛰어들어갔다.

"무슨 일이냐!"

남자는 거친 숨을 몰아쉬다가 강무성의 어깨를 잡으며 말했다.

"나찰입니다! 나찰이 나타났습니다!"

보통 정찰 목적의 원정대는 숲의 외곽을 둘러보고 온다.

나찰은 대부분 숲 깊숙한 곳에 살기에 원정대와는 거의 만날 일이 없었다.

강무성은 심각한 얼굴로 말했다.

"안에는 홍의선인님도 있지 않나? 충분히 상대할 수 있을 텐데?"

"홍의선인인님은 당하셨습니다. 기습에 그만……."

"당하셨다고?"

나찰은 강한 내공과 외공을 타고나지만 그중에서도 전투 경험이 많은 이가 있고, 없는 이가 있다.

홍의선인이 당할 정도라면 어중이떠중이 같은 나찰이 나타난 게 아니었다.

"지원을……. 지원을 불러야 합니다."

"그래야지."

강무성은 나를 돌아봤다.

"이서하. 너는 이 사람과 함께 이건하에게 달려가 구원을 불러라. 나는 먼저 안으로 들어가마."

강무성은 뒤를 돌아보지도 않고 안으로 달려 들어갔다.

앞뒤 안 보고 달려드는 성격은 그대로다.

남자는 강무성을 향해 외쳤다.

"안 됩니다! 선인님! 혼자서는……!"

나는 그런 남자를 진정시켰다.

"자자, 걱정하지 마시고. 몸 상태 괜찮으시죠? 구원 요청하러 가 주세요. 그리고 임무 지도 있으시죠?"

"지도? 여, 여기."

남자는 지도를 건넸다.

정교하다고는 장난으로라도 말할 수 없는 조잡한 지도였다.

'이야, 지도 수준 낮네.'

나는 북대우림의 지형을 외우고 있었다.

남악산의 지형을 외운 것과 같은 이유였다.

여기저기를 떠돌다가 북대우림에 숨어 산 적도 있었으니 말이다.

물론 숲의 지형을 외운다는 건 산의 지형을 외우는 것보다도 힘든 일이다. 방향도 잡기 힘들고 기준으로 삼을 것들도 더 적기 때문이다.

하지만 나는 기억력이 좋다.

웬만한 지도보다는 내 머릿속이 더 정교할 것이었다.

그럼에도 지도를 받은 이유는 하나였다.

'효정 선인님이 맡은 지역을 알아야 해.'

그래야만 이건하보다 빨리 강무성을 최효정 앞으로 데리고 갈 수 있을 테니 말이다.

지도에는 번호가 적혀 있었다.

지역을 맡은 조의 번호였다.

하지만 어떤 번호가 최효정 선인님의 조인지는 알 수 없다.

"혹시 최효정 선인님의 조가 몇 번인지 아십니까?"

"그, 그게……. 기억이……."

충격을 받아 기억이 날아간 것만 같았다.

어느 정도 진정되면 기억할 테지만 기다릴 새는 없었다.

이미 강무성은 보이지 않을 정도로 멀어졌으니까.

"괜찮습니다. 지원을 불러 주세요. 근처에 있을 겁니다."

서두르도록 하자.

나는 숲에서 나온 남자에게 빙긋 웃어 주고는 강무성을 따라 안으로 이동했다.

미친 듯이 안으로 달려가던 강무성은 흥분을 가라앉히며 멈춰 섰다.

길도 모르면서 그냥 달려 나간 셈이니 말이다.

나는 그런 강무성에게 외쳤다.

"선인님! 같이 가요. 좀."

강무성은 놀란 얼굴로 나를 돌아봤다.

"뭐야? 내가 지원 요청하러 가라고 했지? 여기가 어디라고 들어와?"

"어디긴요. 북대우림이죠."

"빨리 나가. 네가 있을 곳이 아니다."

"그러면 효정 선인님 못 구합니다. 지도도 안 챙기고 달려 나가면 어떡합니까?"

"지도……."

강무성은 당황한 얼굴로 나를 바라봤다.

나는 그런 그에게 지도를 보여 주며 말했다.

"여기 아까 그분이 가지고 있던 지도입니다. 번호가 적혀 있어요. 혹시 최효정 선인님 조가 몇 번인지 아십니까?"

"아니, 몰라."

"그럼 먼저 1번으로 가죠."

나는 지도 정중앙의 1번을 가리켰다.

"1번이 보통 지휘관의 번호니까요. 생존자가 있다면 효정 선인님이 맡은 구역이 어딘지 알 수 있을 겁니다."

"그래, 잘했다. 그럼 이제 넌 나가라. 여기서부터는 내가 알아서 할게."

"1번까지 가는 길은 아세요?"

"……."

강무성의 눈빛이 흔들렸다.

"따라오세요. 제가 길을 압니다."

"네가 어떻게?"

"여기 북대우림 지도를 통째로 외웠거든요."

강무성은 믿을 수 없다는 듯 나를 바라봤지만 어쩌겠는가?

내가 그렇다면 그런 거다.

"뭐 하십니까? 효정 선인님 안 구할 거예요?"

"부탁한다. 넌 내가 목숨을 걸고 지켜 주마."

나는 피식 웃었다.

이 와중에도 교관으로서 자기 할 일은 하려나 보다.

"제 목숨은 제가 알아서 지킵니다. 효정 선인만 잘 지켜 주세요. 그럼 갑니다."

북대우림은 길을 잃기 쉬웠다.

하늘이 보이지 않을 정도로 높고 빼곡한 나무들.

비슷비슷한 풍경.

방향조차 제대로 잡을 수 없었으나 그런 북대우림에서도 하나 의지할 수 있는 이정표가 있다.

바로 숲을 가로지르며 흐르는 강물이었다.

남자가 건넨 조잡한 지도 또한 이 강을 기준으로 만들어진 것으로 일단 물이 흐르는 곳으로 향하면 된다.

그렇게 나는 물소리가 들리는 방향으로 계속해서 달려 나갔고 이윽고 1조를 발견할 수 있었다.

"하아, 하아……."

숨을 몰아쉬는 것 말고는 할 말이 없었다.

1조는 이미 전멸한 상태였다.

강무성 또한 내 뒤에 서서 거친 숨을 내쉬다 말했다.

"망할. 홍의선인님이다."

시체밭 가운데 붉은 도복을 입고 있는 남자가 누워 있었다.

홍의선인인이자 이번 작전의 책임자였다.

강무성은 이마와 가슴이 뚫린 남자를 살피며 말했다.

"인제 어쩌지?"

"일단 시체를 뒤져 보죠."

"뭘 찾으려고?"

"작전표 같은 게 있다면 효정 선인님의 조를 알 수 있을 겁니다."

나는 홍의신인의 품을 뒤지기 시작했다.

옷을 벗기고 안주머니까지 탈탈 털자 수첩이 하나 떨어졌다.

"찾았습니다."

강무성은 바로 나의 뒤로 달려와 수첩을 살폈다.

수첩 안에는 예상대로 각 조의 조장 이름이 적혀 있었다.

최효정은 5번 조.

나는 바로 5번 조가 맡은 지역을 살폈다.

번호는 5번인데 재수 없게도 1번 조에서 가장 먼 곳이었다.

"일단 강을 건너야겠네요."

"좋아."

강무성은 시체 사이에서 장도(長刀)를 하나 꺼내 들었다.

"잠시 빌리겠습니다."

강무성이 묵념하는 사이 나는 홍의선인의 검을 빼 들었다.

꽤 질 좋은 검이다.

나름 명검이라고 불릴 정도의 검.

이거라면 이번에는 버틸 수 있지 않을까.

"5조는 어디로 가면 되냐?"

"강을 건너야 합니다. 제가 앞장설게요."

나는 강에 설치된 간이 다리를 건넜다.

마음 같아서는 전속력으로 달리고 싶었으나 그럴 수는 없었다.

'사방이 마수네.'

뒤틀린 음기가 느껴질 정도로 그 수가 많았다.

내가 주춤거리자 강무성이 말했다.

"이서하. 걱정하지 말고 전속력으로 가라."

"마수들이 급습해 올 텐데요?"

강무성은 깊게 숨을 내쉬며 말했다.

"그건 내가 처리한다. 넌 달리기만 해."

강무성의 몸에서 투기(鬪氣)가 아지랑이처럼 피어올랐다.

양기가 황금색으로 빛나고, 음기가 은빛으로 빛나듯 일반적인 무사들의 기운은 저렇게 반투명한 아지랑이로 피어올랐다.

확실한 색깔이 있는 양과 음의 기운과 달리 이 반투명한 기운은 거의 눈에 보이지 않았다.

그것이 눈에 보인다는 것은 상상할 수 없을 정도로 많은 내공을 가지고 있다는 뜻이었다.

강무성은 자신이 어떻게 25살의 젊은 나이에 선인이 되었는지를 몸으로 말해 주고 있었다.

"……좋습니다. 선인님만 믿고 달리죠."

"믿어. 털끝 하나 다치지 않게 해 주마."

나는 강무성을 믿고 앞으로 달려 나가기 시작했다.

예상대로 양옆에서 거흑랑(巨黑狼)이 나를 향해 달려들었다.

하지만 이 거대한 늑대들은 바로 반토막이 나서 바닥을 뒹굴었다.

'검기(劍氣)! 25살 때부터 썼구나.'

칼에 기를 담아 날리는 기술.

필요한 내공의 양도 양이었지만 이를 단단하고 날카롭게 만드는 조형의 난이도는 다른 기술과 차원이 달랐다.

"걱정하지 말고 달려."

오랜만에 뒤가 든든한 느낌이다.

최효정의 5조는 이틀 동안 숲 깊숙한 곳까지 이동했다.

마수가 늘어났다고 한들 보통 정찰대가 상대하는 마수의 수는 10마리를 넘지 않았다.

이들의 목표는 오로지 숲의 경계까지 밀려 나온 마수들을 정리하는 것이었으니 말이다.

하지만 이번에는 상황이 달랐다.

"모두 뭉쳐!"

수십, 아니 백이 넘어가는 마수에게 포위된 상황.

최효정이 외쳤으나 중급 무사들은 이미 마수의 밥이 된 지 오래였다.

최효정은 그제야 자신이 부하들과 너무 떨어져 있다는 것을 깨달았다.

순간 거흑랑에게 물려 죽기 일보 직전의 김규연을 발견했다.

"규연 언니!"

최효정은 빠르게 돌진해 거대한 늑대의 목을 베었다.

하지만 김규연의 허벅지는 반쯤 찢겨 나간 상태였고 왼쪽 팔도 팔꿈치 밑으로는 없다.

그녀는 허탈하게 말했다.

"……아, 늑대 밥이 될 줄 알았으면 힘들게 무과 안 쳤을 텐데."

최효정은 떨리는 눈으로 김규연의 마지막을 마주했다.

"효정아. 넌 꼭 살아……."

최효정은 고개를 들어 다가오는 거흑랑들을 바라봤다.

"……너무 어려운 부탁이다. 언니."

거흑랑들은 마치 포위하듯 최효정의 주위를 빙글빙글 돌았다.

"그래도 마지막이니까 그 부탁 들어줄게."

슬퍼할 새도 없었다.

첫 임무부터 마지막 임무가 된 지금까지.

김규연은 언제나 함께였다.

하지만 최효정은 슬퍼하기보다는 전투에 집중했다.

무사라면 이러한 이별에 익숙해져야 하니 말이다.

"딤벼! 이 개새끼들아!"

사방에서 달려드는 거흑랑.

최효정은 단칼에 이들을 베어 내며 활로를 뚫기 시작했다.

"흐음."

아티카는 높은 나무 위에서 이 모든 것을 지켜보고 있었다.

"강하네. 저 여자."

아티카에게 내려진 지령은 하나.

1할 정도의 생존자를 유지하며 웬만하면 최효정 선인 또한
살려 놓아라.

"웬만하면 살리라고 했지만……."

처음 이 지령을 들었을 때는 아무 생각이 없었다.

선인 하나가 살아 봤자 얼마나 영향을 미치겠는가?

하지만 점점 생각이 바뀌기 시작했다.

최효정은 가능성을 보여 주고 있었다.

훗날 나찰과 인간이 전쟁할 때 골칫거리가 될 것이 확실했
다.

"죽일까?"

아티카는 고민에 빠졌다.

이 숲 어딘가에서 고전하고 있을 40대, 50대 선인들은 신경 쓸 필요가 없었다.

그들은 이미 성장이 끝난, 미래가 없는 무사들이다.

50대까지 백의만 입고 있는 이들의 실력이 하루아침에 달라질 리는 없으니 말이다.

하지만 최효정은 달랐다.

25살.

그녀는 어린 나이에도 다른 백의선인을 압도하는 실력을 보여 주고 있다.

아마도 30대에는 색의를 입을 것이다.

그리고 40대에는 장군이 되겠지.

'지금은 동맹도 있지만 결국 나찰과 인간의 전쟁이 될 것이다.'

선생의 계획대로 제2 왕자 신태민에게 협력하고 있었으나 언젠가는 그와도 싸워야 할 것이었다.

그때 저 최효정은 큰 걸림돌이 되리라.

"죽이는 게 낫겠어."

아티카는 결정은 내렸다.

웬만하면 살리라는 뜻은 웬만하지 않으면 죽여도 된다는 것 아닌가?

아티카는 음기로 단검을 생성했다.

음기와 바람을 섞어 만든 단검은 투명하게 변했고 아티카는 이를 최효정에게 날렸다.


최효정은 사방에서 달려드는 거흑랑을 상대하느라 정신이
없었다.

체력적으로 한계에 다다르고 있었고 기 또한 바닥을 보였
으나 거흑랑의 수 또한 많이 줄었다.

'할 수 있다.'

이 마수들만 뚫고 본대와 합류하면 이 망할 숲에서 빠져나
갈 수 있으리라.

그렇게 생각하는 순간 등골이 오싹해졌다.

살기가 혈관을 타고 뇌를 각성시킨다.

최효정은 본능적으로 몸을 틀었고 그 순간 바람과 일체화
되었던 단검이 날아들었다.

'이런……!'

머리로 날아드는 것은 피했으나 몸통과 다리로 날아드는
것은 완벽하게 피할 수 없었다.

배에 하나, 어깨에 하나, 그리고 허벅지를 단검이 뚫고 지
나갔다.

"……나찰. 제기랄."

나찰들은 요술(妖術)을 사용했다.

나찰의 혈통 능력으로, 이들을 상대할 때 언제나 조심해야
할 것이었다.

최효정은 고통을 참으며 주변을 돌아보았다.

수를 많이 줄였다고 하지만 이 정도 부상을 안고 싸울 수 있는 양이 아니었다.

아티카는 그런 최효정을 내려다보며 말했다.

"호오, 피했네."

바람처럼 그 형체가 보이지 않는 단검이었다.

최효정은 격렬한 전투 중에도 이것을 눈치 채고 피한 것이었다.

하지만 거기까지.

완벽하게 피할 수는 없었고 저 정도 부상으로 거흑랑 떼를 뚫고 도망칠 수는 없었다.

"차라리 잘됐어."

자연스럽게 마수에게 죽은 것으로 하자.

거흑랑들이 사지를 찢어 먹으면 아티카가 개입한 흔적도 남지 않을 것이었다.

"다른 쪽 상황을 보러 가 볼까?"

아티카가 바람처럼 사라지고 최효정은 계속해서 전투를 이어 나갔다.

복부에서도, 어깨에서도, 허벅지에서도 피가 흘러나오고 있었고 안 그래도 바닥났던 체력이 더욱더 빠르게 빠졌다.

점점 뒤로 밀리던 최효정은 결국 큰 나무에 등을 기대고 주저앉았다.

눈앞에는 수십 마리의 거흑랑.

'최후가 개밥이네.'

결국, 포기하는 순간이었다.

한 남자가 괴성을 지르며 달려오는 것이 보였다.

'뭐야?'

희미해지는 시야 사이로 익숙한 얼굴이 보였다.

'왜 네가…….'

그와 동시에 최효정은 눈을 감았다.

◆ ◈ ◆

"최효정! 최효정!"

강무성은 미친 사람처럼 도를 휘둘렀다.

한 번 휘두를 때마다 한 마리, 아니 두세 마리가 반으로 갈
려 나갔다.

역시나 강하다.

회귀 전, 강무성은 이건하가 자랑하는 검이었다.

언제나 선봉에서 최효정을 위해 싸우던 강무성의 모습이
떠올랐다.

'최효정을 위해 이건하에게 충성까지 했던 인물이지.'

단순히 자기가 짝사랑하는 여자를 위해, 그녀와 적이 되지
않기 위해 연적을 따른 인물.

'내 사람이 되면 나의 검이 되어 줄 것이다.'

그러려면 일단 최효정을 살려야 했다.

그리고 발견한 시체와 피.

거의 다 왔다.

핏자국이 남은 방향으로 달려가자 거흑랑 사이로 나무에 기댄 최효정이 보였다.

"찾았습니다!"

그렇게 최효정을 발견한 순간 내 머릿속이 하얗게 변했다.

복부와 어깨가 뚫려 있다.

출혈량이 상당했고 언제부터 저 상태였는지 알 길은 없다.

최악의 경우 이미 죽었다.

'왜지?'

회귀 전 최효정은 상처 없는 몸으로 구조되었다.

내가 알던 상황과는 다르다.

'너무 늦었나?'

아니, 이건하보다는 빨랐다.

이건하보다 빨리 왔는데도 왜 최효정은 중상을 입었는가?

그 순간 뒤에서 살기가 느껴졌다.

"……비켜."

최효정을 발견한 강무성은 눈이 돌아가 괴성을 지르며 거흑랑들을 죽였다.

살기가 얼마나 대단한지 마수들조차 겁에 질려 길을 비킬 정도였다.

나는 그제야 왜 미래가 달라졌는지를 깨달을 수 있었다.

'강무성이 없었구나.'

최효정과 관련된 일이라면 눈이 뒤집히는 남자다.

강무성은 아마도 최효정을 구하겠다며 미친 듯이 날뛰었을 것이다.

당연히 나찰이든 마수든 강무성을 신경 쓸 수밖에 없었을 것.

하지만 이번에는 다르다.

강무성은 나와 함께 숲 밖에 있었고 때문에 최효정은 더 큰 위험을 맞이한 것이다.

'그러고 보니 강무성은 최효정이랑은 다르게 거의 죽을 뻔했지.'

상황이 달라졌으니 결과도 다르게 나오는 것이었다.

"효정아! 효정아! 정신 차려!"

강무성은 완전히 이성을 잃은 상태였다.

울먹이는 강무성을 보며 나는 평정심을 되찾았다.

정신 차리자.

최효정이 죽었는지는 아직 알 수 없고, 나에게는 생사침술이 있었다.

"비켜요!"

나는 최효정의 맥을 짚어 상태를 확인했다.

아직 죽지는 않았다.

하지만 출혈이 심하다.

아무리 잘 지혈한다고 하더라도 이대로는 숲 밖으로 나갈 때 즈음 숨이 끊어질 것이었다.

"효정아. 정신 좀 차려 봐. 정신 좀……."

"선인님!"

나의 외침에 강무성이 약간은 진정한 듯 나를 돌아보았다.

나는 뒷주머니에서 침통을 꺼냄과 동시에 설명을 시작했다.

"피를 너무 많이 흘렸어요. 이대로는 죽습니다. 여기서 출혈을 멈추고 가야 해요. 알겠습니까?"

"……어떻게? 어떻게 멈출 건데?"

"혈관을 막아 출혈을 최소화할 겁니다."

생사침술에는 이러한 구절이 있다.

인간의 몸은 정교하게 만들어진 도로와 같다.

모든 혈도(血途)는 서로에게 영향을 주었고 침으로 어디를 자극하느냐에 따라 혈관이 열리기도 하며 닫히기도 했다.

나는 이제부터 최효정의 출혈 부위로 향하는 모든 혈관을 막을 생각이었다.

이론적으로는 가능했고 나는 이를 달달 외우고 있었다.

하지만 쉽지는 않다.

혈의 위치는 사람마다 조금씩 다르다.

키 6척인 사람과 5척인 사람의 혈 위치가 완벽하게 같을 수 없듯이 강골(强骨)이냐 약골(弱骨)이냐에 따라서도 달라진다.

하지만 해내야 한다.

안 그러면 최효정은 과다 출혈로 사망할 테니까.

"할 수 있겠냐?"

"해낼 겁니다. 해내야죠."

"그럼 부탁한다."

강무성은 눈을 질끈 감으며 뒤로 물러났다.

자신이 할 수 있는 것이 없다는 것을 알기에.

사랑하는 여자를 다른 이의 손에 맡겨야 하는 것이었다.

"……효정이 꼭 좀 살려 줘라."

"그럴 겁니다."

나는 장침을 들었다.

'실수하면 끝장이다.'

한 번이라도 침을 잘못 꽂아 혈이 닫히는 것이 아니라 더 넓어져 버리면 그대로 끝장이었다.

그렇다고 여유를 부릴 시간도 없다.

완벽하게. 그러면서도 빠르게.

첫 번째 침을 놓은 나는 최대한 평정심을 유지했다.

'의원은 사람을 죽일수록 성장한다.'

하필이면 지금 그 말이 떠올랐다.

이게 내 첫 번째 희생자인가?

그런 생각이 들자 손이 떨리기 시작했다.

'아니야. 할 수 있어.'

침착하자.

나는 단 한 명도 죽이지 않고 성장할 거다.

범인(凡人)은 경험으로 배우고 현명한 사람은 역사와 기록으로 배운다.

나는 현명한 사람이 되어야 한다.

그게 회귀의 돌을 사용해 돌아온 회귀자로서 최선이니까.

나는 망설임 없이 침을 꽂기 시작했다.

복부의 혈을 막고, 허벅지의 혈을 막고, 어깨의 혈을 막고.

그렇게 총 37개의 침을 놓자 거짓말처럼 출혈이 멈추었다.

"후우."

참고 있던 숨을 뱉은 나는 강무성을 바라보며 말했다.

"됐습니다. 됐어요. 하지만 끝이 아닙니다. 약선님에게 빨리 데려가야만 합니다."

강무성은 고개를 끄덕이고는 최효정을 안아 들었다.

침의 위치와 깊이를 유지해야 하기에 최효정을 업을 수는 없다.

그 말은 강무성은 양팔을 사용할 수 없다는 것이었다.

"이제 저걸 뚫어야 하네요."

나는 몰려드는 거흑랑을 바라봤다.

강무성은 양팔을 사용할 수 없으니 내가 길을 뚫어야 했다.

반대로 내가 최효정을 안고 강무성이 길을 뚫는다는 선택지도 있지만 오히려 그게 더 위험하다.

아무리 길을 잘 뚫는다고 하더라도 거흑랑들은 사방에서 공격해 올 것이기 때문이다.

나는 두 팔을 사용하지 않고 최효정을 지킬 자신이 없다.

강무성은 내 생각을 아는지 나에게 말했다.

"앞만 보고 달려라. 뒤는 내가 알아서 할 테니까."

"좋네요."

"그리고 혹시라도 위험해지면 네 목숨부터 우선시해라. 어쭙잖은 실력으로 전부 구하겠다고 나서면 다 죽는 거야. 알겠어?"

"압니다. 알아요."

알고 있다.

너무나도 잘 알고 있다.

그 말에 따라 동료들이 위험에 처했을 때 뒤도 안 보고 도망쳐 다녔으니 말이다.

하지만 그 행동은 후회만 남았다.

언젠가 복수할 것이라며 도망친 것을 합리화했으나 그런 기회는 쉽게 오지 않았다.

아니, 절대로 오지 않았다.

한번 도망친 사람은 다시 도망치기 마련이었다.

그러니까 이번에는 안 도망칠 생각이다.

"아, 그리고 오늘 보시는 건 비밀입니다."

"비밀? 뭐가……?"

나는 빙긋 웃고 음기를 양기로 바꾸기 시작했다.

이윽고 내 몸이 황금빛으로 불타오르기 시작했다.

강무성의 표정이 볼만했다.

나는 넋을 잃고 바라보는 강무성에게 말했다.

"잘 따라오세요. 빠르게 갑니다."

너무 많은 것을 버리며 살았다.

그래서 이번에는 그 무엇 하나 버리지 않고 살아갈 생각이
다.

Chapter 12.

　강무성은 철없다고만 생각했던 제자를 경이롭게 바라보았다.

　한 치의 망설임도 없이 빠르게, 하지만 신중하게 놓는 그의 침술은 무지한 강무성이 보기에도 놀라웠다.

　"됐습니다. 됐어요. 하지만 끝이 아닙니다. 약선님에게 빨리 데려가야만 합니다."

　어린아이라고 하기에는 너무나도 침착했다.

　보통 15살짜리는 작은 부상에도 벌벌 떨기 마련이었다.

　처음으로 동료가 사망했을 때 강무성도 그러했으니까.

　그러나 서하는 오히려 강무성보다도 냉정했다.

"이제 저걸 뚫어야 하네요."

원래라면 당연히 선인인 자신이 앞장서야 했다.

하지만 앞장서겠다고 말할 수 없었다.

최효정을 안고 길을 뚫는다는 건 강무성에게도 힘든 일이었다.

자신이 다치는 건 상관없으나 혹시나 잘못되어 닫아 놓은 혈관이 터진다면 그때는 끝장이었다.

서하의 작은 등을 바라보던 강무성은 고개를 숙였다.

15살짜리 제자에게 길 뚫기를 맡겨야 하는 이 상황이 야속했으나 지금은 서하를 믿을 수밖에 없었다.

"앞만 보고 달려라. 뒤는 내가 알아서 할 테니까."

"좋네요."

"그리고 혹시라도 위험해지면 네 목숨부터 우선시해라. 어쭙잖은 실력으로 전부 구하겠다고 나서면 다 죽는 거야. 알겠어?"

"압니다. 알아요. 아, 그리고 오늘 보시는 건 비밀입니다."

"비밀? 뭐가……?"

미소와 함께 서하의 몸이 황금빛으로 불타기 시작했다.

강무성은 저것이 무엇을 뜻하는지를 알고 있었다.

양기 폭주.

수명을 태워 힘을 얻는 무공.

지금은 사장되어 배우고 싶어도 배울 수 없는 무공이었

다.

"그럼 잘 따라오세요. 빠르게 갑니다."

상상치도 못한 무공의 등장에 강무성이 넋을 놓고 있는 사이 서하가 앞으로 달려 나갔고 강무성은 그 뒤를 따랐다.

이윽고 거흑랑이 괴성을 내며 달려들었고 서하는 마치 춤을 추듯 기괴한 움직임을 보이며 이들을 도륙했다.

선인이기에.

손에 꼽히는 무사이기에 강무성은 서하의 수준을 정확하게 알 수 있었다.

'지금은 선인급이다.'

서하의 움직임은 인정할 수밖에 없었다.

그만큼 양기 폭주가 신체 능력을 올려 주는 폭이 크다는 뜻이었다.

그러나 양기 폭주는 미래의 힘을 끌어다 쓰는 셈이다. 강해지면 강해질수록 서하의 신체는 늙어 가고 있을 것이다.

강무성은 뒤쪽에서 달려드는 거흑랑을 발차기로 날려 버린 뒤 제자의 뒤를 따랐다.

수명을 태우는 황금빛.

그것은 마치 용암처럼 눈앞의 모든 것을 태우며 질주했다.

'도대체 너는……'

어떤 삶을 살아온 것이냐?

무공의 경지는 물론 전장에서의 냉정함까지.

15살짜리 꼬마가 가질 수 없는 것이었다.

그렇게 제자를 경이롭게 바라보는 것도 잠시 강무성은 구출 작전에 집중했다.

'일단 효정이부터 살리자.'

죽은 듯 곤히 눈을 감은 최효정.

강무성은 짝사랑하는 여자를 바라보며 중얼거렸다.

"저놈이 고백하라고 할 때 할 걸 그랬네."

뭐든 너무 늦기 전에 해야만 한다.

"제발 버텨 줘라. 효정아. 나 후회하지 않게."

강무성은 그렇게 제자의 작은 등을 따라 달렸다.

심장이 타들어 간다.

극양신공을 사용할 때는 항상 이러한 느낌이었다.

주체할 수 없는 힘에 몸이 비명을 지르면서도 말로는 표현할 수 없는 고양감에 미소가 지어졌다.

눈앞으로 달려드는 거흑랑들은 나의 상대가 되지 못했다.

언제나 이런 힘을 원했다.

모든 것을 원하는 대로 바꿀 수 있는 힘을.

낙월검법을 선택한 것이 옳았다.

그것이 나의 수명을 갉아먹더라도 말이다.

정신없이 달리다 보니 눈앞에 강이 나타났고 저 멀리 이건하의 부대가 보였다.

그와 동시에 나의 검이 재가 되어 흩날렸다.

이번 검은 그래도 오래 버텨 주었다.

'……이 정도 명검도 못 버티는 건가?'

언젠가 내 양기를 버틸 수 있는 무기를 얻어야 할 것이다.

일단 그건 나중의 일.

나는 강무성이 무사한지를 확인하며 말했다.

"괜찮습니까? 선인님."

"괜찮아."

강무성이 고개를 끄덕였다.

강무성의 어깨와 다리, 그리고 등은 거흑랑의 손톱에 찢겨 피가 흐르고 있었다.

아무리 내가 길을 잘 뚫었다고 해도 뒤에서 많은 거흑랑이 달려들었을 것이다.

하지만 최효정만은 완벽하게 보호해 냈다.

자신의 몸을 바쳐서 말이다.

"등 베이셨습니까?"

"상관없어. 피부 좀 벗겨진 거뿐이니까 걱정하지 마라."

"걱정 안 합니다. 딱 보니까 별거 아닌데요."

"……말을 참 예쁘게 하네."

"뭘요? 그리고 기를 좀 버리고 가겠습니다. 들키면 안 되거

257

든요. 다시 말하지만 제가 양기 폭주를 사용하는 건…….”

“그래. 비밀이다.”

고개를 끄덕인 강무성은 진지한 얼굴로 말했다.

“……부작용은 알고 있는 거냐?”

“알고 있습니다.”

“그럼 자주 쓰지는 마라.”

“걱정하지 마세요. 꼭 필요할 때만 쓸 거니까요. 이제 합류하죠.”

나는 강을 건너 사촌 형, 이건하에게로 다가갔다.

이제야 도착했는지 시체들을 살피고 있던 이건하는 나와 강무성을 발견하고는 살짝 인상을 찌푸렸다.

“강무성?”

“이건하. 부탁 좀 하나 하자.”

강무성은 바로 최효정을 이건하의 앞에 눕혔다.

“효정이 좀 챙겨 줘라.”

“선인님은요?”

내가 묻자 강무성은 쓸쓸하게 웃었다.

“다른 사람들 구해야지.”

아오, 저 멍청이.

강무성은 쓸데없이 책임감만 많은 놈이었다.

다 깔아 준 판 아닌가?

이대로 최효정을 약선님에게 데리고 간 뒤 내가 너를 구했다고 생색내면 완벽할 텐데 말이다.

하지만 저렇기에 내가 강무성을 인정하는 것이었다.

그는 책임감이 있다.

게으른 것처럼 보일 때도, 생각 없어 보일 때도 있지만 자신이 앞장서야 할 때는 누구보다 앞장서서 문제를 해결하는 인간이었으니까.

"그럼 저도 같이 가겠습니다."

"거기까지만 하자. 서하야."

강무성은 미소를 지으며 나에게 다가와 내 머리에 손을 올렸다.

"네 몸이나 봐라."

내 몸?

나는 고개를 내려 나의 몸 상태를 살폈다.

치명상은 없었으나 온몸에 상처가 가득했다.

거흑랑의 발톱에 스친 것이다.

강무성한테 뭐라고 할 게 아니었다.

바지가 젖을 정도로 피가 나고 있었는데 몰랐다니.

"그리고 같이 가면 또 그 무공을 쓸 거 아니냐? 그건 아껴 둬라."

"혼자 가시면 위험합니다."

"네가 걱정할 만큼 난 약하지 않아. 효정이를 끝까지 부탁하마."

그것이 강무성의 마지막 말이었다.

……라는 일은 벌어지지 않겠지.

실력 하나만큼은 확실한 사람이었으니 일단 믿자.

강무성이 사라지자 이건하가 말했다.

"……너희들은 구출 작전을 시작해라. 나는 최효정을 의원들에게 데리고 가겠다."

이건하는 최효정을 안아 들고는 숲 밖으로 나갔고 그의 부하들은 사방으로 흩어졌다.

이거 재주는 곰이 부리고 돈은 되놈이 버는 일이 아닌가.

"……도대체 저놈이 뭐가 좋다는 겁니까? 효정 선인님."

효정 선인도 남자 보는 눈은 지지리 없지 참.

도시로 당당하게 들어온 이건하는 즉시 최효정을 안아 든 채로 의원으로 이동했다.

만약 이건하의 목표가 영웅이 되는 것이라면 목표는 완수한 셈이다.

피투성이가 된 효정 선인을 안고 나타나는 것만으로도 도시의 여자들은 이건하를 백마 탄 왕자님처럼 바라보고 있었으니 말이다.

내일이면 이건하가 동료를 구했다는 소문이 쫙 퍼질 것이다.

강무성. 이 찐따 같은 놈.

책임감이 결혼시켜 주는 줄 아나?

아, 책임감이 결혼시켜 주는 건 맞구나.

그나저나 하라는 것도 제대로 못 하고 말이야.

'뭐 모양 떨어지지만 직접 말해야지.'

강무성이 직접 자신이 구한 거라고 말하면 될 일이다.

뭐하면 내가 증인이라도 서 주자.


약선님의 의원에 도착한 이건하는 바로 최효정을 내려놓으며 말했다.

"부상자입니다. 부탁드립니다. 그리고 북대우림에서 부상자가 속출할 것입니다. 숲 앞쪽에 의원(醫院)을 설치해 주시면 감사하겠습니다."

약선님은 바로 달려나와 최효정의 상태를 살폈다.

"호오, 이 처치는……."

이건하는 대답하지 않고 의원을 나섰다.

소중하게 안고 들어올 때는 언제고 볼일 끝나자마자 표정 바뀌는 거 봐라.

나는 밖으로 나가는 이건하를 노려보다가 응급처치 내용을 말하기 시작했다.

"혈도를 자극해 출혈을 막았습니다."

"그래, 그렇게 보이는구나. 잘했다. 어려운 건데 잘 해냈구나."

"감사합니다. 그런데 여기 금창약은 어디 있습니까?"

여전히 나는 피를 흘리고 있었다. 상처가 아무리 얕다고 하더라도 그냥 놔두면 덧나기 때문에 약을 바른 뒤 붕대라도 감아야 했다.

"오호호, 잘했구나. 잘했어. 가르친 보람이 있다. 그럼 나는 바로 후속 처치를 해야겠구나."

"약선님?"

"그럼 다른 부상자들도 부탁한다. 어서 가 보거라."

"그러니까 저 금창약……."

치료실 문이 닫혔다.

이거 너무한 거 아니야?

제자 금창약 좀 찾아 달라는 게 그렇게 어려운가?

"선반 어디 있겠지."

"여기 있어."

풍란 향이 코를 간질였다.

고개를 뒤로 돌리자 차가운 표정을 한 아린이가 서 있다.

긴 머리카락이 휘날리는 모습이 무서울 정도로 아름답다.

아니, 그냥 무섭다.

아린이의 표정은 소한(小寒)의 눈보라보다 차가웠다.

"왜 혼자 갔어?"

"응?"

"왜 혼자 싸우러 갔어? 나한테는 말 안 하고."

"아, 혼자 간 게 아니라 강무성 선인님이랑 같이 갔었어. 그게 긴급한 상황이라."

"……그러지 마."

아린이는 금창약을 꺼내 열었다.

"저기 앉아. 앞으로는 혼자 가지 마. 잘못되면 어쩌려고 그래?"

"응? 아, 알았어."

아린이는 금창약을 아낌없이 퍼내 몸에 바르기 시작했다.

이거 비싼 건데.

"내가 알아서 바를게."

"네가 등 뒤를 어떻게 발라? 내가 발라 줄게."

아린이는 아랫입술을 깨물고는 있는 대로 약을 바르기 시작했다.

간지럽지만 참자.

여기서도 이상한 소리를 내면 쪽팔려서 1년은 못 잘 것이다.

"너부터 챙겨. 속상하게."

"응?"

"붕대 가져올게."

아린이는 텅 빈 금창약 통을 던지고는 약방으로 들어갔다.

"이거……. 안 되는데."

유현성에게는 아린이는 아무 생각이 없을 거라는 핑계를 댔지만 이렇게 되어 버리면 핑계 댈 것도 없다.

아무리 연애 고자라도 눈치 채지 못하면 살아온 세월이 나를 욕할 것이다.

"괜히 미안해지네."

낙월검법을 배우기 시작한 그 순간부터 난 가정을 만들 생각이 없었다.

아무리 아껴 쓴다고 해도 나는 남들보다 단명할 것이다.

본격적인 전쟁이 시작되면 1년 내내 양기 폭주 상태로 있어야 할 테니 말이다.

게다가 매일 최전선에서 가족들과 떨어져 살아야 한다.

누가 그런 남편을 원하겠는가?

나는 이번 생을 누릴 자격이 없다.

한 번뿐인 회귀 기회를 사용한 만큼 난 모든 것을 책임져야 한다.

평범한 삶.

그것이 모두의 행복을 위해서 내가 포기해야 하는 것들이었다.

"……지금은 그냥 모르는 척 지켜보자."

어린 시절의 감정은 쉽게 사라지는 법.

태양이 지평선 너머로 넘어가는 것을 보며 그렇게 하루가 지나갔다.


◆ ◈ ◆


북대우림 워점대 전멸 사건은 크게 다르지 않은 결말을 맞이했다.

대부분이 죽었고 살아남은 사람들은 극소수에 불과했다.

하지만 달라진 점이 없는 것은 아니었다.

비극의 끝에는 항상 영웅이 탄생하는 법.

"백의선인 강무성, 이건하 앞으로!"

논공행상에 강무성이 들어갔다.

"백의선인 강무성은 혈혈단신 숲에 들어가 7명의 소중한 생명을 지켰으며 모든 무사의 모범이 되었다. 이에 강무성을 만호(萬戶)에 임명하노라."

만호(萬戶)란 1만 가구 정도의 도시 수비대를 지휘할 수 있는 직급이었다.

이는 독자적인 군대를 가질 수 있다는 뜻이었다.

게다가 이제 성무학관 교관에서 벗어나 다시 작전에 복귀할 수 있게 되었으니 홍의선인이 되기를 원하는 강무성 입장에서는 이보다 잘 풀릴 수 없었다.

"안녕하십니까? 약선님."

"오, 이놈아. 너 장군 되었다며?"

약선의 말에 강무성은 민망한지 머리를 긁적였다.

"예, 그렇게 되었습니다. 이거 주목받는 것도 그렇게 좋지 않네요."

"그렇지. 책임져야 할 게 많아지니까."

"네. 그런데 효정이는 어디 있습니까?"

"저 안에 있다. 들어가 봐."

강무성은 고개를 숙이고 최효정이 있는 병실로 들어갔다.

향을 피우던 최효정은 강무성을 발견하고는 활짝 웃었다.

"뭐야? 이제 오는 거야? 빨리도 온다. 장군님 되더니 바빠지셨나 봐요?"

장난스럽게 말하는 최효정을 보며 강무성은 씁쓸하게 웃었다.

"몸은 좀 어때?"

"죽다 살았지."

최효정은 어깨를 으쓱했다.

"건하가 날 데리고 왔다고 하더라고. 완전 소문 쫙 났던데? 걔가 날 좋아하나? 그렇게 급한데 나를 안고 약선님한테까지 데리고 오고."

"그럴 수도 있지. 너 매력적이라니까."

"그래? 너도 거기 숲에 있었다며?"

"응. 그랬지."

"……그랬어?"

최효정은 가만히 강무성을 바라보다가 말했다.

"얼굴 봐서 좋다. 바쁠 텐데 가 봐."

"응. 가 볼게. 너도 좋아 보여서 좋네."

강무성은 머쓱하게 일어나 밖으로 나갔고 최효정은 정색했다.

"……뭐야? 고백까지 해 놓고. 너 구한 거 나거든! 그런 말 정도는 해야 하는 거 아니야? 그렇게 질질 짜 놓고."

최효정은 향을 바라보며 말했다.

"언니 말대로 이제 모른 척도 못 하겠네. 우리 엄마가 그랬거든. 너를 사랑하지 않는 사람을 사랑하지 말라고."

최효정은 빙긋 웃었다.

"얼마나 살지도 모르는데 날 사랑하는 사람을 사랑해야죠. 언니."

미래는 그렇게 바뀌고 있었다.

강무성은 만호가 되었다.

청의를 입든, 홍의를 입든 만호는 그 시작이라고 할 수 있었다.

강무성의 오랜 꿈은 홍의를 입는 것이니 어떻게든 현장에 나가 활약하고 싶을 것이 분명했다.

"이렇게 승진할 줄은 생각도 못 했어."

머리가 아프다.

원래 내 계획은 이렇다.

강무성이 최효정을 구하고 소문이 쫙 퍼진다.

그리고 그 소문을 들은 최효정이 강무성에게 호감을 느끼는 것.

동시에 영웅은 하나가 아니었다! 강무성도 현장에 있었다는 이야기를 꺼내 이건하의 영향력 또한 줄이는 것이었다.

문제는 강무성이 너무 활약해 버렸다는 것이다.

강무성이 성무학관에 계속 있어야 그 덕을 좀 볼 수 있을 텐데 말이다.

"이제 떠나시겠지? 선인님."

만호가 되었으니 성무학관 교관 따위는 바로 차 버리고 나갈 것이다.

"아쉽다. 아쉬워."

앞으로는 조금 더 변수를 생각하며 움직이자.

미래의 큰 줄기는 변하지 않았으나 세부적인 것들은 전부 바뀌었다고 보아도 될 정도였으니 말이다.

내가 한숨을 내쉬자 옆에 있던 아린이가 물었다.

"강무성 선인님 말하는 거야?"

"응."

"선인님 출근했던데?"

"응? 아, 짐 챙기러 오셨나 보네."

"이서하 여기 있나?"

호랑이도 제 말 하면 온다더니 강무성이 연무장으로 찾아
왔다.

"선인님. 축하합니다. 만호가 되었다고 들었습니다."

"뭘 축하하냐? 나는 교관으로 남기로 했다. 교관이면서 만
호려면 학관 수비대를 지휘할 수밖에 없더군. 그래서 지금부
터는 교관이면서 학관 수비대장이다."

"네?"

"네가 도와 달라는 거 아직 안 끝났잖아. 성무대전 우승.
실력을 보니 단순 수련이 아니라 뭔가를 원하는 거 같은데.
너 졸업할 때까지는 교관 할 거니까 그렇게 알아라."

"오! 상상도 못 한 의리."

"뭐 상상도 못 한 의리냐? 나 원래 한 의리 하거든? 한 말에
는 책임을 져야지."

"입 싹 닫고 도망칠 줄 알았는데 말입니다."

"내가 너한테 그런 사람으로 비쳤냐?"

"말이 그렇다는 겁니다."

강무성의 책임감이 이 정도였을 줄이야.

생각지도 못하게 일이 잘 풀렸다.

그가 교관으로 남아 있다면 완벽한 나의 아군이 되어 줄 것
이다.

거기다가 교관이더라도 만호는 만호였으니 유사시 병력도 동원할 수 있다.

1만 가구를 지킬 정도의 병력.

이는 평균적으로 무사 100에서 500 사이다.

같은 1만 가구라도 누가 사느냐에 따라 다르니까 말이다.

성무학관 수비대라면 최대 인원을 배정해 주었을 것이다.

"그럼 이번에는 잘 부탁합니다. 사실 부탁할 게 많아요."

"이번이 아니다."

"네?"

강무성은 주변을 슬쩍 보더니 허리를 숙인 뒤 일어났다.

"효정이를 구해 줘서 고맙다. 네가 없었으면 죽었을 거야."

뭔가 민망하다.

저렇게 진지한 얼굴로 허리까지 숙이며 감사를 표할 줄은 몰랐는데 말이다.

"이 은혜는 평생 갚으마."

강무성이 평생 은혜를 갚겠다면 정말 평생 갚겠다는 소리였다.

이거 생각보다도 북대우림에서 얻은 게 크다.

강무성.

훗날 수십의 나찰을 죽이는 인류 최강의 병기 중 하나.

그가 나의 편이 되었다.

"크흠, 부담스럽네요."

"나도 격식은 여기까지만 차리자. 15살짜리한테 뭐 하는 거냐?"

"그나저나 최효정 선인님한테는 말했습니까?"

"뭘?"

"강무성 선인님이 구한 거라고요. 이건하가 안고 도시로 들어오는 바람에 소문은 이건하가 구한 거로 나지 않았습니까? 효정 선인님 의식도 없어서 그거 곧이곧대로 믿을 텐데."

"아, 그거……."

강무성은 머쓱하게 머리를 긁적였다.

"내가 했다고 내 입으로 말하기가 좀 그렇더라고. 그리고 이건하가 구해 줬다고 효정이가 좋아하기도 하고 그래서……."

이게 뭔 개소리야?

"그래서 말 안 했다고요?"

"말해야지. 해야 하는데 시기를 놓친 거 같기도 하고. 하하하."

"혹시 머리에 문제라도 있으십니까?"

"머리? 왜?"

"그게 아니라면 이렇게 머저리 짓을 할 리가 없어서요. 거 흑랑한테 머리 맞아서 바보가 되셨구나. 약선님한테 가죠. 바보는 매가 약이라고 합니다."

"……."

271

강무성은 한숨과 함께 말했다.

"효정이 앞에만 가면 왜 그렇게 말이 잘 나오지 않는지 모르겠다. 진짜."

"빨리 말하시죠? 효정 선인님을 구한 건 강무성 선인님이고 이건하는 그저 옮겼을 뿐이라고."

"말해야지. 근데 지금 말하면 생색내는 거 같지 않을까?"

"쫌! 시간 더 지나가면 더 민망해집니다."

"알았어. 알았어. 말할게. 말할 거야."

"그럼 오늘 당장 얘기하세요. 성무대전에 관한 이야기는 일단 상황 좀 보다가 얘기하도록 하죠."

"그래."

"꼭 말하세요."

"알았어. 무슨 시어머니도 아니고 그렇게 잔소리냐? 내가 알아서 해."

"알아서 해서 그 꼴입니다. 평생 독신으로 썩기 싫으면 시키는 대로 좀 하세요."

"아오, 귀 따가워."

이 한숨밖에 안 나오는 작자야.

아무래도 강무성이도 갈 길이 먼 것만 같다.


◆ ◇ ◆

수도 천일의 환락가는 낮보다 밤이 더 밝았다.

인간의 원초적 욕망이 모두 모인 이곳은 천일의 가장 어두우면서도 밝은 곳이었다.

행복을 사고파는 거리.

그 거리를 죽립을 쓴 남자가 걷고 있었다.

호객하는 소녀는 수상한 차림에도 망설임 없이 남자에게 달려들었다.

"오빠! 여기 들렀다 가. 여기 언니들이 최고야."

남자가 고개를 돌려 소녀를 보는 순간이었다.

이주원이 곰방대를 물며 소녀의 뒤로 걸어왔다.

"수민아. 그분은 내 손님이란다."

"어르신!"

수민이라고 불린 소녀는 방긋 웃고는 고개를 숙이며 말했다.

"그럼 소녀는 물러가 보겠습니다."

죽립을 쓴 남자는 소녀를 바라보다 말했다.

"저렇게 어린아이도 일하는 거냐?"

"일은 안 합니다. 저 그런 파렴치한 아닙니다. 어린 아이들은 호객부터 시작하죠. 뭐, 그건 그렇고 안으로 드시죠."

이주원은 미소와 함께 말했다.

"장군님."

이주원을 따라 한 주점의 방으로 들어간 이건하는 죽립을

273

벗고 자리에 앉았다.

"차라도 내올까요?"

"아니, 길게 말할 생각 없다. 이번 일에 실수가 있었던 거 같은데?"

"실수라니요?"

이주원은 고개를 갸웃했다.

"내 동생과 강무성이 이상한 움직임을 보이더군. 작전을 치르기 며칠 전부터 북대우림 근처에서 수련하더니 작전 당일에는 숲 입구 바로 앞까지 가 있었다고 하더군. 이건 우리의 작전을 알고 있었다고 생각할 수밖에 없어."

"호오, 그렇군요."

이주원은 빙긋 웃었다.

"그래서요?"

"이 작전을 아는 것은 나와 왕자님. 그리고 너희들뿐이다. 아닌가?"

"그렇습니다만, 저희가 작전을 흘리기라도 했다는 겁니까? 무슨 이유에서?"

"나도 너희가 배신했다고는 생각하지 않는다. 아직은 말이지. 물어보고 싶은 건 정보가 샐 만한 구석이 있었냐는 거다."

"그럴 구석이야 많죠."

이주원이 대수롭지 않게 말하자 이건하가 살짝 미간을 찌푸렸다.

"많다고?"

"조직이 커지면 모두를 감시할 수 없습니다. 정보가 우리 쪽에서 샜을 수도 당신 쪽에서 샜을 수도 있죠. 근거 없이 의심하기 시작하면 끝도 없습니다. 밤말은 쥐가 듣고 낮말은 새가 듣는다고 하지 않습니까?"

"말장난하러 온 것이 아니다. 이런 식이라면 곤란해. 원래 작전대로라면 나의 영향력이 커졌어야 한다."

"영향력은 충분히 커지신 거 같은데요. 안 그래도 기방의 여인들이 건하 선인님을 만나고 싶어 노래를 부릅니다."

"그래서 너희는 전혀 잘못이 없고 정보가 어디서 샜는지도 전혀 감을 못 잡겠다?"

"아닙니다. 어디서 샜는지는 몰라도 누가 정보를 훔쳐 가는지는 어느 정도 확신하고 있죠."

이주원은 확신을 담아 말했다.

"바로 이서하입니다."

"이서하?"

"네, 선인님 사촌 동생 말입니다 성무학과 수석이."

사촌 동생의 이름이 나오자 이건하는 미간을 찌푸렸다.

"사실 저희 계획을 이서하가 방해한 것이 이번이 처음은 아닙니다. 꽤 많이 방해했죠."

"그럼 죽이면 되겠네."

사촌 동생의 일임에도 남처럼 말하는 이건하였다.

"냉정하시네요. 그런데 그건 또 안 될 말입니다."

"왜지?"

"이미 한 번 실패했으니까요. 한 번이야 개인의 원한이거
나 일탈이라고 볼 수 있으나 반복적인 암살 시도는 배후에
집단이 있음을 뜻합니다. 그렇게 되면 철혈(鐵血)님이 움직
이겠죠. 저희가 아무리 꼭꼭 숨어도 이 왕국 안에 사는 한 무
사히 넘어갈 수는 없을 겁니다. 그럼 자연스럽게 저하나 선
인님 얘기도 철혈님에게 흘러들어 가겠죠. 감당하실 수 있겠
습니까?"

"……자연스럽게 죽일 필요가 있겠군."

"네. 사고로 위장을 하든 작전 중 사망을 하든 해야 빠져나
갈 구멍이 있습니다. 하지만 쉽지는 않죠. 어쨌든 암살은 이
제 시도할 수 없는 수가 된 겁니다. 때를 기다리면서 또 정보
가 새지 않게 조심해야죠."

"이서하……."

이건하가 마지막으로 서하를 보았을 때는 그저 덜떨어진
꼬마 그 이상도 이하도 아니었다.

신경을 쓸 필요가 전혀 없을 거 같았던 놈이 성무학관 수
석을 하지 않나, 강무성을 데리고 최효정을 구해 내지 않나.

생각지도 못한 변수가 등장해 버렸다.

"좋아. 그럼 나도 이서하를 주시해 보도록 하지."

"그럼 저희야 고맙죠. 아무래도 저희보다는 사촌인 건하

선인님이 감시하기 더 편할 테니까요."

"볼일은 여기까지다. 이만 가 보지."

"살펴 가십시오."

이건하는 고개를 숙여 인사하는 이주원을 쳐다보지도 않고 밖으로 나갔다.

이주원은 곰방대를 입에 물었다.

"청신도 막장이네."

왕가를 지키는 검이 서로를 노려보고 있었다.

이주원은 낄낄거리며 웃다가 사과를 집어 들었다.

"좋아. 썩은 사과가 잘 쪼개지는 법이지."

뭐든 썩으면 잘 쪼개지는 법이었다.

추석은 코앞까지 다가왔다.

슬슬 명절의 분위기가 무르익고 있었고 아이들은 성무대전에 관한 이야기를 꽃피우고 있었다.

가장 큰 명절 중 하나인 추석을 맞이해 각지의 유지들이 수도 천일(天日)로 몰려들었고 안 그래도 북적거린 도시는 정신이 없을 정도로 가득 찼다.

성무학관의 학생들도 모두 하루 휴가를 받았다.

먼 곳에서 오는 가족들을 마중해야 하기 때문이다.

나 또한 성문 근처의 식당에서 할아버지가 오는 것을 기다리고 있었다.

'아린이가 늦네.'

아린이는 매일 오전 부동심법을 수련했다.

언제 폭주할지 모르기에 쉬는 날도 없이 수련할 수밖에 없었다.

대충 미시(오후 1시)쯤에는 온다고 했으니 조금만 기다리면 도착할 것이다.

그동안은 차나 마시며 강로(強路)나 하고 있자.

'자투리 시간을 이용해야 고수가 되는 법이지.'

재능이 없다면 시간이라도 잘 활용해야 한다.

그때 누군가가 내 앞으로 다가와 앉았다.

"안녕."

일자 앞머리와 길게 떨어지는 옆머리.

뒷머리는 하나로 질끈 묶어 길게 늘어트린 특이한 머리를 한 소녀였다.

나는 이 여학생을 아주 잘 알고 있었다.

환생 전, 그녀 또한 불운한 인생을 살았고 훗날 나와도 꽤 친해졌던 아이였다.

신평(新坪) 박 씨 박민주.

안 그래도 이번 성무대전의 일이 끝나면 말을 걸려고 했었는데 먼저 말을 걸어와 주니 고마울 따름이다.

"어. 안녕? 이렇게 말하는 건 처음 같네. 박민주. 맞지?"

"내 이름 알고 있었네?"

"동기니까."

민주는 배시시 웃었다.

"사실 안 그래도 니랑은 좀 친해지고 싶었거든. 수석이기도 하고 아린이랑도 친하고."

"아린이?"

"웅! 엄청 예쁘잖아. 진짜 같은 여자가 봐도 반할 정도라니까. 그 분위기며 능력이며 뭐 하나 떨어지지 않잖아."

"그렇긴 하지."

그 외모에 차석까지 얻어 낼 실력자였으니 말이다.

내가 없었다면 압도적인 수석이었겠지.

"그런데 나랑 친해지고 싶었다고?"

"웅! 그게 말이야……. 하고 싶은 말이 있어서."

민주는 뭔가 말하기 민망한지 주변을 살폈다.

거기서 180년 세월의 직감이 발동되었다.

'아, 인기 많은 삶이란.'

과거의 나는 능력도 배경도 없는 상태에서도 꽤 인기가 있었다.

그 이유가 절대로 괜찮은 남자들이 다 죽었기 때문만은 아니리라.

그리고 지금의 나를 보아라.

청신의 기대주이자 성무학관의 수석 생도.

나름 괜찮은 얼굴과 몸매, 그리고 나이에 비해 작지 않은 키까지.

뭐 하나 떨어지는 것 없는 매력남 아닌가.

"부탁하고 싶은 게 있는데……."

"잠깐만 거기까지."

하지만 나는 여자 친구를 만들 마음이 없다.

"응?"

"내가 굉장히 바빠서. 여유가 없거든."

"정말? 그러면 안 되는데……."

"응, 미안. 여자 친구를 사귈 마음은……."

"상혁이에 관한 이야기인데."

"응?"

"응?"

나는 고개를 갸웃하는 박민주를 바라봤다.

"상혁이?"

"여자 친구?"

"……아니, 그러니까."

"……응?"

망할 직감.

180년의 직감을 믿지 말아야겠다는 생각과 동시에 나는 충격에서 벗어났다.

"상혁이를 도와 달라니? 그게 무슨 소리야?"

확실히 상혁이는 방학 때 이후로 달라졌다.

너무나도 미세한 차이라 눈치가 없다면 알아볼 수 없었지만 말이다.

나쁜 쪽으로 달리진 것은 아니다.

단지 죄를 지은 사람처럼 시선을 피하거나 말을 아끼는 경우가 많았다.

나는 언젠가 상혁이가 그 이유를 말해 주리라 생각하며 기다리고 있었다.

하지만 마냥 기다릴 수만도 없는 일.

북대우림 사건으로 신경 쓰지 못했으나 이제 슬슬 뭐가 문제인지를 알아봐야 했다.

'뭔 일인지부터 알아야겠지.'

상혁의 일은 내가 전혀 모르는 미래였다.

나로 인해 상혁이가 입학했고 원래 29등과 30등은 떨어져 나갔다.

이것은 미래를 얼마나 바꾸었을까?

그리고 이로 인해 상혁이는 어떤 시련을 맞이했을까?

지금부터 알아가야만 한다.

민주는 한숨과 함께 말을 이어 갔다.

"사실 나도 잘 몰라. 상혁이네 놀러 갔다가 우연히 본 거라서."

"놀러 갔었다고?"

"응. 미리 말하고 간 건 아니었지만."

박민주는 한참을 고민하다 말했다.

"그러니까 말이야……."

박민주와 상혁이가 친해진 계기는 2인 1조로 실기 시험을 보았을 때였다.

나와 아린이가 백두검귀에게 죽을 뻔한 바로 그날이다.

상혁이는 30등으로 입학한 박민주를 잘 챙겼다고 한다.

"조각 미남에 운성 가문이라 완전 까칠할 줄 알았는데 진짜 따뜻한 거 있지?"

조각 미남?

하긴, 상혁이가 아주 쪼끔, 아주 쪼끔 나보다 잘생기긴 했다.

……일단 이야기에 집중하자.

"문득 근처에 볼일 보러 갔다가 얼굴이라도 볼 겸 가 봤거든. 운성 가서 도련님 만나러 왔다고 하니까 들여보내 주더라고."

아마도 한영수의 친구인 줄 알았을 것이다.

"근데 너 상혁이가 사생아인 거 몰랐어?"

"몰랐지. 사생아가 성무학관에 어떻게 들어와?"

확실히 누군가 직접적으로 상혁이가 사생아라고 말한 적은 없다.

나야 미래를 아니까 알고 있었던 것이고 한영수 패거리는 한영수가 말해 줬겠지.

그에 비해 박민주는 신평(新坪)이라는 대가문의 자제였음에도 다른 가문과의 교류가 적었다.

여러 이유가 있지만 지금은 그게 중요한 게 아니니 넘어가자.

박민주는 계속해서 말을 이어 갔다.

"몰라. 그건 상관없어. 상혁이는 상혁이니까."

상혁이에게 이미 푹 빠진 민주에게 그가 사생아라는 건 중요하지 않았다.

그래서 15살은 참 좋다.

아무것도 재지 않으니까.

민주는 다시 침울하게 말했다.

"어쨌든 운성에 도착해서 손님방으로 가다가 슬쩍 안채 마당을 보았는데 상혁이는 무릎 꿇고 앉아 있고 앞에 여자 하나는 피투성이가 되어 있고……."

"이면 어기가 피투성이였다고?"

엄마는 아닐 테고, 누나도 아니고, 그렇다면 그 여자는 누구지?

"응. 비록 스치듯 본 거지만……. 문이 살짝 열려 있더라고. 상황이 좀 이상해서 그냥 급한 일 있다고 하고 돌아오긴 했는데. 뭔가 크게 안 좋은 일이겠지?"

"그렇겠지."

"너는 좀 알겠어? 그래도 나보다 친하니까 뭔가 알 거 같아
서……."

"아니, 전혀 모르겠어."

전혀 모르겠다.

그 여자가 누구인지도, 어떤 이유에서 상혁이가 무릎을 꿇
고 있었는지도 말이다.

박민주는 걱정스러운 얼굴로 말했다.

"그게 분위기가 엄청 심각했거든. 그날 이후로 맨날 그것
만 생각나고 상혁이는 기운도 없고 그래서. 어떻게 하지?"

"뭘 어떻게 해? 물어봐야지."

이럴 때 가장 좋은 방법은 그냥 대놓고 물어보는 것이다.

상혁이에게 있어서는 민감한 부분일 수도 있으나 그냥 무
시하고 넘어갈 수는 없다.

'뭔가 보복이 있을 거라고는 생각했지만.'

지금의 운성에는 사람이 없다.

다 짐승들뿐이다.

그렇기에 청신에 붙은 상혁이를 해꼬지할 거라고는 예상
하고 있었다.

'이번 기회에 완전히 독립시켜야겠어.'

생각을 마친 나는 박민주에게 말했다.

"알려 줘서 고마워. 내가 좀 알아볼게."

"응. 신경 좀 써 줘."

그때였다.

"누구야?"

풍란 향이 코를 간질였고 바로 옆에 아린이가 무표정하게
서 있었다.

"거기 내 자리인데?"

한기가 느껴질 정도로 차가운 말에 박민주는 당황하며 벌
떡 일어났다.

"어, 미안. 미안."

자기도 모르게 사과하며 일어난 박민주는 물어보지도 않
은 변명을 시작했다.

"그냥 상혁이 얘기 좀 하려고 왔었어. 그렇지?"

"어? 응. 맞아. 상혁이한테 무슨 문제가 있다고 해서."

왜 나도 변명하는 것일까.

아린이는 그제야 살짝 표정을 풀었고 박민주는 도망치듯
말했다.

"그럼 나는 가 볼게. 좋은 시간 보내."

나는 멀어지는 박민주를 바라봤다.

어차피 저 박민주 또한 내가 방향을 잡아 줘야 하는 재능
중 하나였다.

이번 상혁이 사건을 계기로 친해지면 좋을 것이다.

그렇게 박민주를 바라보고 있자 아린이가 말했다.

"무슨 일인데?"

"집안 문제인가 봐. 물어봐야지."

회귀 전의 내가 경험해 보지 못한 사건이었으나 나에게는 경험이 있다.

신중하게, 천천히 접근하자.

아린이는 그런 나에게 물었다.

"내가 도와줄 일은 없어?"

아린이는 순수한 눈으로 나를 바라봤다.

한 명보다는 둘이 낫고, 둘보다는 셋이 낫다.

하지만 아직 아린이는 불안정하다.

그녀가 폭주했다가는 성무학관의 학생들은 몰살될 것이기에 쉽게 사용할 수 없는 패였다.

"나중에. 일이 있으면 부탁할게."

"응. 꼭 그래 줬으면 해."

아린이는 빙긋 웃었다.

저 미소 하나로도 배가 부른 느낌이었다.

적당히 식당에서 시간을 죽이고 있자 망을 보던 사람이 들어와 할아버지가 도착했음을 알려 주었다.

추석은 국왕도 참여하는 큰 축제였다.

그 때문에 아버지는 물론 큰아버지와 작은아버지까지 온 가족이 출동했다.

나는 그 사이에서 이준하를 발견하고는 손을 흔들었다.

"야, 이준하. 너도 왔네?"

"그럼 안 오냐? 나도 청신 사람이거든?"

이준하는 내 주변을 바라보다 피식 웃었다.

"뭐냐? 너 친구도 없냐? 혼자 나오고."

"친구가 없기는 왜 없어?"

때마침 내 친구 아린이가 걸어왔다.

아린이는 할아버지의 앞으로 가 허리를 숙여 인사했다.

"안녕하십니까. 화강(花鋼)의 유아린이라고 합니다. 서하에게 많은 신세를 지고 있습니다."

풍란 향이 진하게 풍겨 온다.

지나가는 사람들마저 걸음을 멈추고 아린이를 바라보았다.

우아한 몸짓으로 예의 바르게 인사하는 아린이는 그야말로 한 폭의 그림과 같았다.

"……."

입을 벌리고 아린이만 바라보는 이준하.

그래, 인생 최대의 충격일 거다.

나는 녀석의 턱을 쳐 입을 닫아 주며 말했다.

"침 흘리지 마, 인마. 쪽팔리니까."

"……아는 애야?"

"그럼 모르는 애가 인사를 하겠니?"

내가 이준하를 놀리는 사이 아버지는 아린이와 악수하며 말했다.

"그래, 우리 서하와 친구가 되어 줘서 고맙구나. 못난 부분이 많은 놈이니 잘 챙겨 주길 바란다."

"못나다니요? 서하는 절대 못나지 않았습니다."

"그렇게 말해 주니 고맙구나."

"아뇨. 정말이에요, 아버님. 서하는 태양과도 같은 존재인걸요."

"……하하하. 그러냐?"

아버지는 순수한 눈빛의 아린이를 내려다보다 나에게 고개를 돌렸다.

"너 무슨 짓을 한 거냐? 최면이라도 건 거야?"

"그런 거 아닙니다."

"근데 저렇게 예쁜 애가 뭐가 아쉬워서 저런 말을 하는 거냐? 솔직히 말해 봐. 무슨 짓 했어?"

"아버지, 외모가 다는 아니지 않습니까. 제가 비록 아린이보다 외모는 떨어질지 몰라도 훌륭한 인간미를 가지고 있지 않습니까?"

"하긴 날 닮아서 묘한 매력이 있긴 하지. 네 엄마도 알아주는 미인이었는데 내가 확 낚아챈 거 아니냐."

"그렇죠. 사람의 매력은 외모가 다가 아니죠."

"그럼. 외모가 다가 아니지. 다는 아니고 한 9할 정도?"

"……"

"너도 잘생겼단다. 아들. 힘을 내."

오랜만에 아버지의 농담 따먹기를 하고 있을 때였다.

"죄송합니다. 제가 늦었습니다. 인사를 올립니다. 가주님."

상혁이 녀석이 헐레벌떡 뛰어와 허리를 숙이며 인사했다.

할아버지는 상혁이의 복장과 상태를 보고는 호쾌하게 웃으시며 말했다.

"보아하니 수련하다 왔구나. 그런 거라면 언제든 환영이다. 굳이 인사하러 오지 않아도 돼. 어느 때고 수련이 더 중요한 법이다."

"감사합니다."

상혁이는 고개를 푹 숙였고 할아버지는 녀석의 머리를 쓰다듬어 주고는 말했다.

"자, 우리도 이동하자. 마부들이 한참을 기다리고 있구나."

할아버지처럼 큰 손님들은 왕실에서 직접 마차와 숙소를 준비해 주었다.

"그럼 나중에 보자. 서하야."

수십이 넘는 사람들이 마차를 따라 이동하기 시작했다.

할아버지가 왕과 죽마고우(竹馬故友)라더니 의전이 대단했다.

그건 그렇고 나는 상혁이를 돌아봤다.

"그런데 상혁아. 너 무슨 일 있냐?"

"응? 아, 내가 강로(强路)를 하다가 그만 시간 가는 줄 모르고. 미안. 미안. 나도 먼저 와서 대기했어야 했는데."

"아니, 그거 말고."

나는 녀석의 눈을 똑바로 보며 말했다.

"너 방학 때 무슨 일 있었다며? 도대체 무슨 일 있던 거야?"

"……."

상혁이는 그걸 어떻게 아냐는 듯 나를 바라봤다.

거짓말이 서툰 녀석이다.

하지만 애써 웃으며 거짓말을 시작했다.

"아이, 아무 일도 없었어. 무슨 소리 하는 거야? 그냥 뭐 배신했다고 욕이나 좀 들었지. 그게 다야."

멋쩍게 웃는 얼굴.

하지만 어물쩍 넘어갈 생각은 없다.

"그게 다라고?"

"……정말 그게 다야."

상혁이는 시선을 피하며 말하고는 얼른 화제를 바꾸었다.

"근데 아린이랑 너는 뭐 먹었냐? 나도 배고픈데 둘이만 먹은 거야? 치사한데? 사람 많아서 자리도 없을 거 같네."

나는 괜히 너스레 떠는 상혁이를 쳐다보다 고개를 끄덕였다.

말할 생각이 없는 모양이다.

실망한 것은 아니었다.

'쉽게 말할 수 없겠지.'

상혁이 녀석의 생각을 읽을 수 있다.

또 폐를 끼칠 수 없다.

그런 생각을 하고 있을 것이다.

나에게 또 신세 질 수 없다는 거겠지.

그렇다면 어쩔 수 없다.

강제로 알아내는 수밖에.

그렇게 생각할 때 한영수가 멀리서 다가왔다.

"야, 한상혁. 어른들한테 인사는 드려야지. 빨리 와라."

"……미안. 나 어른들한테 인사만 하고 올게."

"그래, 너도 운성이니까."

"금방 다녀올게. 정말 금방."

상혁이는 뭐가 그렇게 미안한지 합장까지 해 가며 사과하고는 한영수에게 다가갔다.

"새끼. 아무리 그래도 먼저 우리 쪽 어른들한테 인사해야 하는 거 아니야? 아무리 배신자라도 그렇지."

한영수는 상혁이에게 어깨동무하고는 나를 보며 입꼬리를 올렸다.

"뭐가 있긴 있네."

이제부터 알아봐야 할 것 같다.

이번 일에 대한 정보는 없지만 다행히도 이번 생의 나에게 는 패가 많다.

"아린아. 너희 아버지도 오시지?"

"응. 이번에 복직하신다고 하셨어."

"그래, 그럼 부탁 좀 하나 하자."

유현성.

정보부 총괄에 복직한 흑의선인.

이 왕국의 모든 것을 알고 있는 남자였다.

운성의 가주 한백사.

거기에 한영수의 아버지인 한명호를 비롯한 운성가의 사 람들은 수많은 시종을 앞세워 행차했다.

"아버지! 여기입니다!"

"오! 영수야!"

한명호는 아들을 안아 인사를 나눈 뒤 말했다.

"그래, 학관 생활에 문제는 없었지?"

"방학 끝난 지 얼마나 되었다고 그러십니까? 아주 좋습니 다."

"그래, 장하다. 우리 아들."

그렇게 아들과 인사를 나눈 한명호는 뒤에서 허리를 숙여 인사하는 한상혁을 바라봤다.

"……그래. 상혁이도 있구나."

"그간 강녕하셨습니까. 큰아버지."

"영수야. 수도 경매장에는 진귀한 보물들이 있다고 하더구나. 이것도 기회인데 이 아빠가 좋은 무기 하나 사 주마."

"안 그래도 하나 필요하던 참이었습니다."

"그래, 그럼 너도 같이 가자꾸나."

한명호가 아들을 데리고 사라지고 상혁은 시선을 돌려 누군가를 찾았다.

한백사는 그런 손자에게 혀를 차며 다가갔다.

"쯧쯧쯧! 그 시종을 찾고 있는 게냐?"

"데리고 오신다고 하시지 않으셨습니까?"

"그래, 데리고 왔다. 저기 있지 않느냐?"

한백사가 가리킨 곳에서는 20대의 여자가 무거운 짐을 짊어지고 힘겹게 걸음을 내디디고 있었다.

얼굴에는 아직 아물지 않은 상처가 보였고 머리는 다 헝클어져 아픈 사람 같았다

"아직 상처가 다 낫지도 않았는데 짐을 들게 시키시면 어떡합니까?"

"그래도 일은 해야지. 아직 운성의 시종인데."

한백사는 피식 웃고는 말했다.

"저게 다 네가 아직 결정을 못 해서 그런 것이 아니냐? 네

가 그날 결정만 내렸다면 너도 저 시종도 좋았을 거 아니냐? 그러니 이번에는 내 뜻대로 해라. 한 번 배신이 어렵지 두 번 배신은 어렵지 않은 법이니라."

"……."

"기대하고 있으마. 상혁아."

한백사는 상혁의 볼을 두 번 치고는 가마에 앉아 이동하기 시작했다.

"은희 누나……."

주은희.

운성가의 시종.

상혁이 슬픈 눈으로 바라볼 때 주은희가 고개를 들어 그와 눈을 마주쳤다.

"상혁아."

그녀는 환하게 웃으며 상혁의 앞으로 걸어와 말했다.

"이야, 멋있다. 이게 성무학관 교복이야? 주인님이 자랑스러워하시겠는데?"

"누나 괜찮아? 상처는?"

"거뜬해. 거뜬해. 걱정하지 마."

"주은희! 뭐 해? 빨리 안 움직여?"

시종장의 불호령에 은희는 혀를 차고는 행렬로 돌아가기 시작했다.

"나는 걱정하지 말고 네 인생 살아. 알았어?"

"……."

주은희는 상혁에게 미소를 보여 주고는 행렬로 돌아갔다.

상혁은 그런 그녀를 바라보다 눈을 질끈 감으며 머리를 쥐어뜯었다.

"……도대체 어떡하라는 거야? 진짜."

모두가 웃는 성문 앞 광장에서 상혁은 홀로 흐느끼고 있었다.

◆ ◈ ◆

"오랜만이구나. 예비 사위."

유현성은 반갑게 인사를 건네며 손을 내밀었다.

나는 떨떠름하게 그와 악수하며 말했다.

"예비 사위 아니라니까요."

"책임을 진다고 했으면 끝까지 져야지."

유현성은 전보다 훨씬 얼굴이 좋아졌다.

광대뼈만 보일 정도로 앙상했던 얼굴은 균형이 잘 잡혀 있었고 몸집도 커져 나름 무사 같은 모습으로 돌아왔다.

상태가 좋아지자 누가 아린이 아빠 아니랄까 봐 빛이 난다.

주변을 지나가는 여자들이 숨을 멈추고 돌아보는 게 짜증 날 정도다.

왜 내 주변에는 이렇게 잘생긴 사람이 많지?

"안 그래도 철혈님과 너희 아버지를 찾아뵐 생각이었는데. 네가 약속을 잡아 주면 고맙겠구나."

"그거야 어렵지 않습니다만, 저도 부탁이 하나 있습니다."

"그래, 아린이에게 들었다. 친구 일이라고?"

"네. 운성입니다. 한백사와 제 친구 상혁이를 감시해 주셨으면 합니다."

나는 조심스럽게 말을 꺼냈다.

운성은 개국공신 가문이자 왕국에서 손꼽히는 가문이었다.

나는 지금 그런 가문의 가주를 미행해 달라고 부탁하는 것이었다.

아무리 정보부의 부장이더라도 이런 부탁을 들어주기는 쉽지…….

"그거야 쉽지."

……쉽나 보다.

유현성은 미소와 함께 말했다.

"우리 사위가 화강을 위해 해 준 일을 생각하면 어려운 일도 아니야. 그리고 무엇보다 가주들을 미행하는 게 그리 드문 일도 아니거든."

사위 아닌데.

지금은 내가 부탁하는 상황이니 일단 넘어가자.

"그렇습니까?"

"철혈님 정도로 깨끗한 분이 아니면 왕실에서도 예의주시하는 법이니 말이야. 그 일은 도윤이가 맡으면 되겠구나."

도윤이?

유현성의 말이 끝나기가 무섭게 정도윤이 걸어 나오며 나에게 고개를 숙였다.

"오랜만에 뵙습니다. 도련님."

순찰대장이었던 정도윤.

그 또한 유현성과 함께 수도로 들어온 것이었다.

"순찰대장님! 같이 오셨어요?"

"말을 낮춰 주십시오. 부담스럽습니다. 도련님."

"에이, 그렇게 까칠하시던 분이. 일하지 않는 자 먹지도 말라. 그러지 않았습니까?"

"……죽여 주십시오."

"농담이에요. 농담."

유현성은 피식 웃고는 말을 이어 갔다.

"도윤이가 싸움은 좀 못해도 잠입, 미행 이런 건 또 전문이니 도움이 될 거다. 도윤이는 서하의 말대로 움직여 주길 바란다. 알겠느냐?"

"제가 바라던 일입니다. 부디 부담 없이 써 주십시오."

정도윤은 미소와 함께 말했다.

"운성의 한백사와 한상혁만 주시하면 되는 겁니까?"

"네, 아무래도 한백사가 상혁이의 약점을 잡은 거 같아요."

그 피를 흘리고 있었다는 여자가 상혁이의 약점일 것이다.

"어떻게 된 일인지, 한백사가 원하는 건 뭔지, 알아낸 것 전부 저에게 알려 주시면 감사하겠습니다."

"명령대로 하겠습니다."

정도윤은 바로 조원들과 함께 밖으로 나갔다.

"실력은 좋은 놈이다. 한백사 속옷 색도 알아 올 거야."

"그 정도로 세세하게 알 필요는 없는데 말이죠."

"말이 그렇다는 거다."

유현성은 자리에서 일어나며 말했다.

"그럼 너희 아버지 좀 뵐 수 있을까?"

"바로 약속 잡아 드리죠."

일단 만나게는 해 드려야겠다.

만나고 나서는 아버지가 알아서 잘하시겠지.

'설마 그냥 결혼 허락하는 건 아니겠지.'

에이, 아직 15살인데.

추석 기간에는 여러 행사가 펼쳐졌다.

화려한 행렬, 불꽃놀이, 특산물 시장같이 농민들과 서민들이 즐길 수 있는 행사들이 매일같이 치러졌다.

하지만 성무학관 학생들에게 허락된 휴식은 오직 가족들을 마중하는 그 하루뿐이었다.

그 후로는 정상적인 수련이 진행되었지만 전 생도의 관심사는 성무대전으로 향해 있었다.

그리고 이러한 행사에 한영수가 빠질 리 없었다.

"실기 시험에서 제대로 싸워 본 적이나 있냐? 맨날 목표가 뭐니, 흔적이 뭐니 하면서 그냥 돌아다니기만 했잖아. 두고 봐. 내가 이서하 저 자식 아주 발라 버릴 테니까."

한영수는 이상할 정도로 자신만만했다.

아니, 원래부터 허세 빼면 시체인 녀석이었지만 이번에는 특히나 더 그러했다.

허세는 양날의 검이다.

거짓말이더라도 들키지 않을 거라는 확신이 없다면 허세를 부릴 수 없다.

그런데 왜 저럴까?

우승하지 못하면 웃음거리가 될 텐데 말이다.

'아마 저 자신감의 워처은……,'

나는 굳은 얼굴로 밥을 먹는 상혁이를 바라봤다.

나와 눈을 마주치고는 어색하게 웃는 녀석.

"왜? 뭐라도 묻었어?"

"한영수 저거 뭐 영약이라도 먹었어? 왜 저렇게 자신만만하냐?"

"원래 저러잖아. 한영수."

원래 저러긴 하지.

하지만 이번에는 뭔가 꾸미고 있는 게 확실하단 말이야.

그때 마침 강무성이 게시판에 벽보를 붙였다.

"예선 대진표가 나왔다. 모두 확인해라."

그의 말이 끝나기가 무섭게 모두 벽보로 달려가 대진을 확인했다.

30명의 생도 중 총 16명이 예선에 참가했다.

예선전은 갑을병정(甲乙丙丁), 총 4개의 조로 4명씩 나누어 치르며 4명이 한 번에 싸워 살아남는 사람이 4강으로 진출하는 방식이었다.

아린이는 수십 명이 모인 벽보 쪽을 힐끗 보고는 말했다.

"너도 참가하지? 확인해야 하지 않아?"

"확인 안 해도 돼. 이미 알거든."

"이미 알아?"

나는 빙긋 미소를 짓고는 일어나 강무성에게로 향했다.

"제가 부탁한 대로 짜 주셨죠?"

"상혁이랑은 결승에서 붙게 해 달라는 거?"

"그리고 상혁이와 한영수가 4강에서 만나면 안 되는 것도요."

"그래, 그렇게 짰다. 만약 한영수가 예선을 통과하면 너랑 붙게 될 거야."

"좋습니다. 그 정도면 충분해요."

소성무대전(小星武對戰).

신입 생도들이 겨루는 이 대회는 대성무대전(大星武對戰)의 바람잡이 역할과도 같았다.

그 때문에 예선은 비공개로 진행되었으며 4강과 결승이 하루 만에 치러졌다.

나는 강무성에게 내가 원하는 대로 대진표를 만들어 달라고 부탁했다.

교관 인맥 이럴 때 쓰지 또 언제 쓰겠는가?

"아, 그리고 운성 측에서도 한영수의 조에 넣어 줬으면 하는 생도들을 뽑아 놨더라고. 전부 운성이랑 밀접한 관계가 있는 가문들로."

"예선은 그냥 통과하겠다는 거네요."

운성은 알아주는 대가문으로 가지고 있는 도시만 하더라도 한 손으로 셀 수 없을 정도였다.

정치적으로나 경제적으로 여유가 있는 대가문들이라면 몰라도 다른 소가문들은 대가문에 빌붙어야 하는 상황이다.

그리고 한영수가 같이 다니는 아이들은 대부분 운성의 한마디에 좌지우지되는 가문의 아이들로 구성되어 있었다.

강무성은 잠시 대진표를 확인할 시간을 준 뒤 말했다.

"바로 내일 예선전을 시작한다. 적힌 장소로 늦지 않게 오도록 해라."

"넵!"

성무대전이 시작되고 있었다.

〈3권에 계속〉

출판 일정에 따라 출간일은 변경될 수 있습니다.

2020년 9월 23일
1,2권 동시출간 예정!

북두

선단기

제헌 하습기 바른간에 방문한 유건(劉乾),
그곳에 있던 그림 하나가 그의 눈을 사로잡았다.

[백호좌애간월도(白虎坐崖看月圖)]

필치나 화풍이 특별하지 않은 그림을 살피던 도중
한 여성의 음성과 함께 극심한 고통이 밀려왔고
그림 속 백호가 튀어나와 유건을 집어삼켰다.

억겁과 같은 시간 속에 치밀어 오른 극통이 찾아들 무렵,
그가 눈을 뜬 곳은 밤하늘에 세 개의 달이 떠 있는 행성이자
선도를 밟는 신선들의 본향, 삼월천(三月天)이었다.

조휘 신무협 장편소설
NEO ORIENTAL FANTASY STORY